NOUVELLE COLLECTION NATIONALE

Autant de lecture que dans un volume à 9 francs pour

JEANNE LANDRE ET GASTON DERYS

**95** cent.

l'ouvrage complet illustré





# RESSUSCITÉE





F. ROUFF, éditeur, 8, boulevard de Vaugirard, PARIS

# RESSUSCITÉE!



*PREMIÈRE PARTIE*

## VENGEANCE POSTHUME

### I

#### DEVANT LA MORT

Eh bien, docteur ?

— Hélas ! La pauvre femme avait savamment dosé son poison. Les antidotes n'ont pas donné ce que j'attendais... L'état de votre femme est grave, très grave... Continuez les soins prescrits ; je reviendrai dans deux heures.

— Au moins, me laissez vous une lueur d'espoir? questionna Pierre Rivois.

— Mon pauvre ami, mon devoir est maintenant de vous prevenir que notre malade peut être emportée dans une syncope... D'ailleurs mes confrères vous ont dit ce matin ce que je vous répète. Vous me voyez navré comme eux de ne pouvoir si peu dans un cas si tragique. Si je n'étais votre médecin et votre ami depuis longtemps je ne me permettrais pas de vous avouer que je m'attendais à cette issue. La pauvre femme était hantée par l'idée de suicide. Averti, vous avez multiplié votre dévouement... Non, vous n'avez pas de reproches à vous adresser : vous avez été le plus admirable des maris.

Le docteur donna encore quelques ordres à la garde, puis serra les mains de M. Rivois.

A son tour, ce dernier quitta la chambre de la moribonde. Il avait besoin d'un peu de silence, de repos. Depuis la veille au soir que Blanche digérait à regret son laudanum, il avait vécu les pires angoisses.

Pourquoi ce suicide ?

La malade avait avoué une crise de neurasthénie et, par cela même, son désir d'en finir avec ses souffrances morales. Pierre n'y comprenait rien, sinon que la malheureuse Blanche était perpétuellement la proie de sa sotte imagination.

A se croire persécutée, il y avait dix ans qu'elle persécutait son entourage. Pierre admirait sa propre patience.

Tout de même, en revivant par la pensée ses dernières années, il ne pouvait étouffer un soupir de soulagement. Il y a des femmes qui exagèrent leurs droits, et Blanche avait été la plus tatillonne, la plus difficile, la plus acariâtre des épouses. Pour mieux affirmer son souci de l'importuner jusqu'au bout, elle n'avait rien trouvé de plus spirituel que de s'empoisonner. Le grotesque s'alliait au tragique, et Pierre, qui était cependant sensible, n'était pas ému comme le commandaient les convenances. La toute-puissance de l'égoïsme annihilait sa pitié. Un remords l'effleura.

— Pauvre femme ! murmura-t-il.

Puis il pensa à sa liberté reconquise.

— J'ai trente-cinq ans, le bel âge ! osa-t-il constater.

Il avait à rebâtir du bonheur, ou, plutôt, à faire son bonheur.

— Je suis lâche, remarqua-t-il toutefois, et le moment est mal choisi pour de telles méditations. Je fais des projets, j'organise mon existence future comme si Blanche était déjà morte... Je suis un monstre... Non, je ne suis qu'un homme. Il y a au fond de notre âme toute une lie obscure où s'agitent nos instincts.

Satisfait de s'être trouvé une excuse, il retourna dans la chambre de Blanche, afin de ne plus songer à autre chose qu'aux misères présentes.

— Ça va très mal, chuchota la garde.

Mme Rivois mourait lentement. Elle ne semblait plus souffrir. La morphine faisait son œuvre et lui permettait de s'éteindre dans un engourdissement.

— Comme elle était belle ! remarqua Pierre. Pourquoi a-t-elle commis l'erreur de ne pas être simplement bonne ?

En épousant Blanche il avait fait un mariage d'amour et ses serments avaient été sincères. Le caractère inquiet, l'humeur changeante de sa compagne avaient sapé ses chères résolutions. Aujourd'hui il ne ressentait ni cette pitié ni ce respect qu'impose la mort, parce que sa mémoire lui rappelait mille souvenirs cruels et laids.

— On peut entrer ? demanda une voix prudente, derrière la porte.

— Ah ! je vous attendais, fit Pierre Rivois à la jeune femme qui était là.

Il ajouta :

— C'est Blanche qui a chargé la femme de chambre de vous prévenir. Elle vous aime et désire vous dire adieu.

— Oh ! soupira Mme Muzeray, c'est affreux... Mais quelles raisons ont pu motiver un tel acte ?

En lui posant cette question, Mme Muzeray attachait sur lui des prunelles pleines d'angoisse.

— Quelle raison ? Quelle raison ? Sait-on jamais pourquoi une femme comme Blanche se détermine à un acte quelconque. Tout, chez elle, n'est qu'impulsion... Elle a passé sa vie à être illogique, à se juger malheureuse d'être trop heureuse... Faire souffrir ceux qu'elle aimait lui était nécessaire...

— Taisez-vous, Pierre, taisez-vous !

Lucienne Muzeray, raidie dans une douloureuse stupeur, contemplait son amie.

Ainsi, Blanche allait mourir, comme cela, bêtement, stupidement, Blanche qui était riche, qui était belle, qui éveillait la jalousie des autres femmes et le désir des hommes!...

Ainsi, cette longue et tendre camaraderie, dont la source remontait à celle de leur existence, cette amitié qui avait rapproché leur enfance, mêlé leurs secrets de jeunes filles, que le mariage même n'avait point réussi à désagréger, sombrait stupidement dans la tristesse d'un drame banal, dans la brutalité morne d'un fait-divers !

Un grand frisson cingla Lucienne. Les pensées tourbillonnaient dans son cerveau avec une précision brutale. Elle revivait, avec une opulence de détails qui l'épouvantait, tout son passé si étroitement lié à celui de Blanche Rivois, et elle faisait ainsi, malgré tant d'affection, le procès de son amie.

Blanche était une impulsive, soumise à l'injuste fougue de l'instinct inquiète, vaniteuse, autoritaire. Elle manifestait, après ses incartades, des remords violents et pathétiques. Sa tendresse s'exerçait avec une maladresse agressive. Que de coups de griffes sournois, suivis d'embrassades repentantes, de grandes protestations de dévouement !...

Lucienne avait bien tenté de secouer cette tyrannie affectueuse, aux heures où Blanche apportait, dans leurs rapports, le plus d'acerbe intolérance. Mais aussitôt Blanche s'humiliait, implorante, câline. L'amitié de Lucienne lui était nécessaire, et Lucienne, dépourvue de toute combativité, Lucienne apitoyée, compatissante, oubliait son despotisme.

Elle songeait :

— Il faut lui pardonner !... Elle est inconsciente... C'est une enfant nerveuse qui ne peut s'empêcher de maltraiter les jouets qu'elle préfère.

Aussi bien, Lucienne avait été un véritable jouet aux mains de Blanche. Elle avait enduré, sans presque se plaindre, ses sautes d'humeur, écouté les confidences de ses jalousies, de ses haines, des tortures qu'elle s'infligeait. L'esprit maladif de Mme Rivois soupçonnait l'humanité entière. Pour elle, tous les maris étaient des gredins, toutes les femmes des intrigantes. Jusqu'aux domestiques, qu'elle choisissait vieilles comme Carabosse ou laides à faire peur, tout être qui portait jupe lui semblait armé de tous les artifices, de toutes les coquetteries pour attenter à son bonheur, son misérable bonheur d'épouse inquiète et ombrageuse.

Lucienne Muzeray avait eu la patience de demeurer la confidente de cette imagination pitoyable; il lui avait fallu écouter les romans les plus saugrenus, calmer une angoisse que rien ne justifiait et répondre au torrent de paroles fielleuses par des mots de sagesse. Elle avait eu le courage de rester l'amie de cette demi-folle, et, sans la plaindre sincèrement, elle avait toujours su l'apaiser. Cependant, que de fois avait-elle senti monter en elle une révolte devant ce bonheur détruit sans excuses, que de fois s'était-elle dominée pour ne pas crier à son amie que personne n'a le droit, n'aimant point la vie, de flétrir celle des autres.

Blanche avait eu en partage, dans les distributions de la Providence, un mari aimable, une fortune solide. Elle avait gâché ses bienfaits, elle avait rendu inutiles les agréments de la fortune et éloigné de son cœur l'époux qui désirait la voir sourire. Sotte ! sotte ! et d'une sottise trop souvent féroce, d'un aveuglement qu'on ne pouvait pardonner.

Jusqu'à la fin, l'erreur avait fait son œuvre, tout était détruit. Blanche, d'elle-même, abandonnait les félicités possibles, les douceurs à reconquérir.

— Blanche! appela doucement Lucienne, en prenant les mains de son amie.

La main était froide, aucun tressaillement ne répondait à son appel.

— Blanche ! Blanche ! répéta-t-elle encore.

Et soudain, affolée, elle s'en fut vers Pierre, qui, dans un coin de la chambre, aidait la garde à préparer une potion.

— Vite, vite, secourez-la, c'est horrible, horrible !...

La garde se précipita, saisit Blanche sous les épaules pour la soulever. La tête retomba, inerte. Pierre mit son oreille sur la poitrine, il n'entendit plus battre le cœur. A son tour, Lucienne approcha un miroir des lèvres de son amie, le miroir resta intact.

— C'est fini, déclara la garde.

— C'est impossible, s'écria Pierre Rivois, affolé, on ne meurt pas ainsi, dans un sommeil si paisible. Vite, que l'on téléphone au docteur. S'il n'est pas chez lui, que l'on coure en chercher un autre!

La garde partie, Pierre et Lucienne devant le cadavre de Blanche, n'osèrent se regarder. Immobiles, glacés, la tourmente grondait encore en eux.

— La malheureuse! la malheureuse! murmura Pierre.

Et Lucienne répondit :

— La malheureuse! la malheureuse!

Mais voilà que, peu à peu, leur émotion s'atténuait, voilà que, devant l'irréparable, leur esprit revenait à la vérité des choses, voilà que Pierre, honteusement, pensait à sa délivrance et que Lucienne songeait à de possibles joies. C'était fini, il n'entendrait plus la litanie de reproches stupides et immérités, il n'aurait plus le spectacle d'un visage toujours crispé d'inquiétude ou de colère; elle n'aurait plus à être la confidente de secrets et d'appréhensions imbéciles, elle n'aurait plus à prendre part à des chagrins qui ne reposaient sur rien. Il n'aurait plus à nier, elle n'aurait plus à consoler...

Enfin, enfin, ils n'auraient plus à mentir!

— Pierre, dit tout bas Mme Muzeray.

Une main prit la sienne et la serra avec ardeur.

— Pierre, mon Pierre, dit-elle encore dans un murmure.

— Je t'adore, répondit Pierre.

## II

### L'AUBE DU BONHEUR

Il y avait déjà quatre ans que exaspéré de l'injustice de sa femme, Pierre Rivois y avait répondu à sa façon. Il lui fallait une une consolation, il lui fallait chercher l'oubli de ses légitimes révoltes. Parce que, depuis longtemps, elle l'aimait en secret, de toute son âme, Lucienne Muzeray s'était trouvée là pour bercer sa faiblesse. Et ils avaient été amants, et ils avaient continué de vivre dans l'intimité de Blanche, sans que celle-ci, qui flairait l'adultère de son mari partout où il ne s'exerçait pas, devinât que le danger résidait à ses côtés.

Coupable amour, et grand amour.

Pierre et Lucienne savaient s'aimer. A l'intelligence créatrice de Rivois, Mme Muzeray alliait son esprit souple et compréhensif. Autant que sa maîtresse, elle était sa camarade et leur liaison avait toute la grâce d'une belle harmonie.

Pierre Rivois était un artiste qui, tout jeune, avait donné les plus grandes espérances. Sa peinture colorée, d'une personnalité audacieuse, sans effrayer le public bourgeois, avait enthousiasmé la critique. Peintre des femmes, ou, si l'on préfère, de la femme, il se plaisait, avec une habileté surprenante, à l'embellir, à mettre en valeur sa joliesse. Aussi avaient-elles pris le chemin de sa maison et son cœur, les muses parfumées et oisives, et la jeunesse splendide de Pierre avait collectionné de troublants souvenirs. Puis, un jour, il avait su à exécuter le portrait d'une jeune fille. Cette jeune fille, c'était Blanche. Ceci allait décider de son avenir.

Pierre, à ce moment, ne se croyait pas mûr pour le mariage, mais la jeune fille l'était pour aimer. Jusqu'ici, à toutes les chaînes dorées, il avait préféré son indépendance, et les aventures flatteuses qu'elle lui facilitait. Mais Blanche était jolie, il n'avait pas fait son portrait sans le constater, et le charme de la jeune fille décida de son sort.

Ce fut ainsi que sombra sa liberté. Après le gai célibat, ce fut le ménage sans gaieté; après la joyeuse indépendance, l'esclavage rendu chaque jour plus insupportable par les mots aigres-doux et les bouderies.

Blanche espionnait sans cesse: aucune séance à l'atelier n'était exempte de son inspection, et bientôt le bruit se répandit que Pierre Rivois était ridicule parce qu'une femme, sa femme, montait la garde devant son chevalet.

— Tu me fais un tort considérable, remarquait Pierre, et tu nous rends grotesques l'un et l'autre. Tu seras bien avancée quand je ne travaillerai plus.

— Je suis assez riche pour deux, répliquait Blanche, et je ne suis pas une imbécile qui partage son mari. Qu'on se le dise! Les honnêtes femmes viendront quand même. Nous n'avons que faire des autres.

Parmi ces autres ne figurait pas Mme Muzeray. Blanche et Lucienne étaient des amies de toujours et leur affection ne s'était jamais démentie. Ce fut donc Lucienne que Blanche chargea de surveiller son mari, quand il lui arrivait d'être retenue loin de lui.

A la vérité, Lucienne était animée des intentions les meilleures en acceptant de veiller à la quiétude de ce ménage. Non point qu'elle eût dénoncé Pierre si elle l'eût surpris en faute, mais elle aimait suffisamment Blanche pour se permettre de sermonner quiconque l'eût fait souffrir. Or, il lui fut aisé de reconnaître que la victime n'était pas tout à fait celle qui en prenait l'attitude.

D'être la spectatrice de scènes quotidiennes, de constater la patience de Pierre et la mauvaise foi de Blanche, sa sympathie se reporta sur le mari outragé. Et, petit à petit, de cette sympathie naquit un sentiment plus exclusif, petit à petit grandit en elle l'amour qui devait illuminer sa vie.

Lucienne Muzeray n'avait goûté au mariage que pour en pleurer son bonheur perdu. Elle avait aimé profondément son mari, qu'une mort brutale lui avait enlevé. Des années passèrent, l'apaisement se fit. Elle était jeune, elle était belle. Trop sentimentale pour consentir à conclure un mariage de raison, c'était peut-être sa crainte même d'accueillir un étranger qui l'avait attachée, sans qu'elle s'en rendît compte, au seul homme qu'elle ne redoutait pas.

Cet amour avait grandi. Quand elle s'en effraya, il était trop tard pour qu'elle pût se reprendre. Longtemps, il resta le secret de son cœur. Mais, un soir que Blanche avait été trop cruelle, elle ne put réprimer le mouvement spontané qui lui fit prendre les mains de Pierre et les garder dans les siennes. Pierre, cette fois, était accablé de dégoût. Blanche avait exagéré sa stupidité et ses insultes. Il était écœuré, à bout de patience, prêt à en finir avec ces luttes quotidiennes.

— Demain, je partirai, dit-il à Lucienne. Il n'est plus digne de demeurer ici.

Et Lucienne avait répondu :

— Vous ne partirez pas, parce que Blanche n'est pas responsable, parce que votre devoir est de calmer une imagination exaspérée... Vous ne partirez pas, parce que je suis là, moi, et qu'il faut que vous m'aidiez dans ma tâche.

— Et, fit Pierre, si je partais justement parce que je trouve odieux de vous mêler à ces querelles, parce que je souffre doublement d'être faible devant vous, parce que votre douceur et votre bonté méritent mieux que cette intimité à laquelle nous vous associons, parce que j'ai honte enfin de n'être devant vous qu'un homme que l'on bafoue! Au fond de votre conscience, vous devez me mépriser un peu.

— Pierre, s'écria Lucienne, je vous défends de penser cela!

— Alors, laissez-moi partir et ne me plaignez plus, votre pitié me fait très mal.

— Que faut-il donc vous avouer? soupira la jeune femme. Et croyez-vous que ma seule amitié pour Blanche me pousse à rester ici?

— Lucienne, Lucienne, prenez garde à vos paroles, ne me consolez pas pour me laisser plus désemparé. Ne savez-vous pas que j'ai supporté tant de mauvais jours parce que, à travers ces orages, rayonnait votre présence? Ne devinez-vous pas que ce qui m'attache ici c'est de vous y voir, c'est de penser à votre amitié, à la douce revanche de vous sentir mon alliée discrète?... Et j'ai tout supporté pour vous avoir toujours près de moi, et j'ai accepté ces galères parce que vous-même ne vous en éloigniez pas. Maintenant, ne croyez-vous point que l'expérience a suffisamment duré, ne comprenez-vous pas qu'il est temps, non seulement pour moi, mais pour vous, de me reprendre?

— Et pour vous reprendre, murmura Lucienne, vous allez vous éloigner de moi...

— Eh bien! osa déclarer Pierre, suivez-moi où j'irai!

Mme Muzeray lui avait imposé silence :

— Oh! mon ami, que me proposez-vous là, après que, sans en prononcer le mot, nous n'avons parlé que de notre amour! Vous êtes resté ici parce que j'y étais moi-même, m'avez-vous dit. Je n'en partirai pas. Nous n'irons pas vers une vie scandaleuse, nous ne briserons pas une existence pour tenter de rebâtir la nôtre.

Ainsi ils continuèrent de vivre, amants éperdument amoureux, près de celle qui était le seul obstacle à la réalisation de leurs rêves. Et la beauté de leur sacrifice les récompensait somptueusement. Du moins le crurent-ils pendant les premiers temps de leur liaison.

Puis, aux premiers mois de ravissement, où tout restait exempt de nuages, où rien ne se laissait atteindre par les orages environnants, succéda la longue période de gêne, de froissements et de contrainte.

Mme Muzeray avait trop présumé de ses forces et, par orgueil, ne voulait pas avouer à son ami sa faiblesse grandissante. Mais l'abnégation de Pierre s'émoussait, elle aussi. Parfois il se surprenait à haïr farouchement l'ennemie de leur bonheur, à une autre vie qui serait faite de tous les lambeaux encore splendides de la précédente, à vouloir entraîner Lucienne loin, bien loin, si loin que la mégère ne pourrait les rejoindre et devrait rester seule avec ses malédictions.

Et pendant que se continuait leur martyre, et grandissait leur adoration, la tyrannie de Mme Rivois poursuivait son œuvre. Mme Muzeray avait les oreilles rebattues de racontars et de potins; Pierre s'encolérait de tout ce que l'on infligeait à son amie, et ce calvaire eût pu les mener aux portes de la tombe si Blanche n'en avait soudain pris le chemin avant eux.

Ainsi donc, elle s'était tuée! C'était une manière d'apprendre aux autres à vivre. Il n'y avait plus qu'à pleurer, si on le pouvait, et à prier, si l'on croyait à un monde meilleur... Il n'y avait plus, enfin, qu'à méditer sur l'horreur de la mort et la tranquillité qu'elle concède parfois aux vivants.

Et devant Blanche trépassée, ils laissèrent se dévoiler la beauté de leurs rêves d'amour.

## III

### LES YEUX QUI SE ROUVRENT

Soudain, Pierre Rivois eut un sursaut d'épouvante. Là, près d'eux, la morte semblait revivre, les yeux de la morte étaient ouverts.

Il s'arracha à l'étreinte de Lucienne et bondit vers le lit.

— Blanche! fit-il, dans un appel d'angoisse.

Un sifflement s'échappa des lèvres de la trépassée.

— Misérables!

Lucienne s'affala, évanouie. Pierre à moitié fou, s'élança vers la pseudo-morte.

— Qui mérite d'être traité de misérable ici?

— Toi, elle! répondit Blanche. Ah! vous vous êtes cru débarrassés de moi, et vous n'avez pas perdu une minute pour vous en réjouir! Mais ma faiblesse n'était pas assez grande pour m'enlever la sensation du danger, et si mes yeux étaient fermés, mes oreilles entendaient encore. Je sais tout maintenant, tout ce que je supposais, sans vouloir y croire.

— Tu ne supposais rien! Ta méchanceté, une fois de plus, veut des victimes.

— Et quand cela serait! riposta Blanche, chez qui les forces revenaient avec la férocité. Vous vous êtes moqués de moi. Je vivrai pour ma vengeance.

Sa main se dirigeait vers la sonnerie électrique. Pierre lui saisit le bras et le serra à le broyer. Blanche poussa un rugissement de douleur.

— Assassin! hurla-t-elle.

A ce mot, Pierre finit par perdre la raison. Il lâcha le bras pour agripper le cou de la moribonde récalcitrante.

— Mais te tairas-tu! Te tairas-tu?

Un râle répondit à ses paroles. Il desserra les doigts, la tête de Blanche tomba lourdement sur l'oreiller.

— Qu'ai-je fait, mon Dieu! s'écria Pierre.

Et, ne sachant plus qui secourir, il allait de Blanche à Lucienne, impuissant à faire revivre ces deux femmes inanimées.

Ce fut Mme Muzeray qui, la première, reprit contact avec la vie. La situation ne lui sembla pas meilleure qu'avant son évanouissement. Elle s'attendait à voir Blanche à l'état de furie et la trouvait encore une fois rigide comme un cadavre.

— Pierre!

— Qu'ai-je fait! Qu'ai-je fait! répétait Rivois.

— Pierre, que se passe-t-il?

Avec un calme immédiat encore plus déconcertant que son exaltation, il répondit :

— J'ai étranglé ma femme.

Lucienne n'était pas assez inhumaine pour songer que cela pouvait être une solution. Elle trouva l'énergie de se remettre seule sur ses jambes et d'examiner la situation.

Derechef Mme Rivois jouait la mort ou était morte. Il convenait de s'en assurer. Mme Muzeray prit des sels qu'elle tint sous le nez de Blanche. Cette dernière voulut bien, une fois de plus, revenir à elle. Elle grinça le même qualificatif de misérables qu'elle fit suivre de ce renseignement :

— Votre complice a voulu m'étrangler. Vous êtes deux assassins, je vous dénoncerai à la police.

Pierre s'interposa aussitôt. Il n'était plus ni fou ni exalté.

— Tu n'es pas morte, je ne t'ai pas étranglée; il n'y a de malpropre ici que toi avec ta tartuferie, ton laudanum et tes inventions de comédienne. Nous en avons assez, entends-tu! Et, résolument, s'adressant à Lucienne :

— Partez, mon amie, n'attendez pas une nouvelle crise... Je vous accompagne.

Et, pour la plus grande rage de Blanche, il fit comme il avait dit.

Seule, Mme Rivois, très sincèrement, crut mourir une fois encore. Elle n'en était plus à compter ses décès et l'affront qu'on lui infligeait méritait qu'elle en étouffât.

Ainsi, devant elle, ce mari perfide et assassin, avait encore des galanteries pour sa complice! Elle entendait leurs paroles, le chant de leurs baisers, devinait les mots dont ils devaient la gratifier, elle qui mourait par leur faute, elle, leur innocente victime!

Car Blanche se jugeait aussi pure que son nom. Avec ce discernement spécial aux femmes jalouses, elle ne voyait que la noirceur des âmes rivales et la candeur de son cœur immaculé. Chacun, chacune était un monstre; elle seule était un ange. Elle sentait ses grandes ailes prêtes à la transporter vers l'objet de ses haines pour le pulvériser, et, confondant le bien et le mal, ne voyant que perversion chez les autres, et innocence chez elle, elle admettait que l'innocence s'armât de vitriol et de brownings.

Atroce nature et lamentable nature, Mme Rivois souffrait la première des tortures qu'elle souhaitait d'infliger aux autres. Son suicide avait été sincère : elle se trouvait assez malheureuse pour s'exterminer, et son désespoir était d'autant plus exaspérant qu'il ne reposait sur rien. D'autres, avant elle, commirent des crimes qui ne se justifiaient pas davantage.

— Mais il n'est pas trop tard pour agir, se répétait-elle, et ils auront affaire à moi.

Soudain, Pierre se retrouva devant elle.

— Eh bien ! sommes-nous un peu calmée ? lui demanda-t-il.

— Oui, mon ami, je renais à la vie et à l'espérance, répondit-elle, d'une voix doucereuse.

Elle ajouta :

— Il y a encore de beaux jours pour nous.

Pierre ne se méprit pas sur le machiavélisme de cette phrase. Il demeurait accablé devant le tragique et rapide enchaînement des événements. La fatalité mettait à l'écraser trop de raffinements, de duplicité. Elle ne lui avait fait entrevoir la possibilité de reconquérir sa liberté que pour le replonger plus cruellement dans son enfer. Il hésitait à croire ce qui venait de se dérouler. Une migraine atroce tenaillait ses tempes. Sa pensée était comme suspendue, arrêtée. Il avait porté sur Blanche des mains furieuses, prêtes à étouffer cette vie qui renaissait... Il était presque un assassin ! Était-ce possible ?

Il regardait toute cette bousculade d'effroyables incidents avec tant de stupeur qu'il en arrivait à s'y trouver presque étranger ! Il entrevoyait un horizon de tempêtes, de menaces, de lâchetés, de douleurs... Et Lucienne? Que deviendrait Lucienne? Il lui semblait que des lieues et des lieues déjà les séparaient, que d'infranchissables murs s'élevaient entre eux...

Alors, il accueillit une idée qui rafraîchit ses pensées en feu comme une soudaine caresse de vent nocturne sur le front lourd et moite d'un soupeur. S'il s'en allait ? Oui, s'il partait, très loin, n'importe où, et seul ? En amour, Napoléon ne l'a pas caché, la fuite est la victoire suprême.

Il sourit imperceptiblement à ce projet agréable et ironique.

Mais Blanche, qui le guettait entre ses cils rapprochés, surprit ce sourire furtif.

— Eh bien, fit-elle d'une voix mielleuse, désormais l'horizon est libre... Personne ne te disputera plus à moi... Va, je veillerai sur mon bonheur...

Elle précisa :

— Tu vois, chéri, que les crimes ne réussissent pas toujours.

## IV

### LE RETOUR A LA VIE

On était au printemps. Paris s'habillait de renouveau. Les fleurs des marronniers égayaient les branches, les promeneurs paraissaient heureux, et, jusqu'à la misère des faubourgs, tout prenait un air de fête. C'était l'époque charmante où s'apaisent, chez les pauvres, les soucis de l'hiver, où renaît, chez les riches, le désir des campagnes ensoleillées et coquettes. On se reprenait à vivre dans les flâneries des beaux soirs, dans la gaîté des clairs matins.

Blanche Rivois, elle aussi, savourait l'agrément

de ressusciter. Après une convalescence qui lui avait permis de couver d'abord, puis de laisser mûrir les plus machiavéliques projets, le moment était venu de donner la liberté à ces oiseaux de malheur que sont les rancunes tenaces.

— L'ère du châtiment va commencer, songeait-elle.

Avec une minutie digne de la femme d'ordre qu'elle était, elle échafaudait le monument de sa vengeance, étudiait les plans les plus compliqués, savourait à l'avance l'effet de ses divers systèmes et ne s'arrêtait que lorsque la peur des gendarmes apparaissait.

— Je suis née trop tard, avouait-elle. J'ai des aptitudes de tortionnaire. Au temps des Borgia, j'eusse été superbe. Ah ! les alchimistes, les poisons subtils, les gants assassins, les bouquets qui apportaient la mort !

Plusieurs fois, elle avait songé à expédier à Mme Muzeray quelques bonbons d'onze heures. La revanche d'une dame d'amour qui avait fait absorber à son ami infidèle des cachets pharmaceutiques où l'antipyrine était remplacée par des pointes de tapissier, l'avait un moment laissée rêveuse. D'autres attentats mentionnés par des journaux éclairaient son horizon.

Non, vraiment, elle n'avait rien de commun avec ces personnes qui, trompées, peuvent tendre la main à qui les rend ridicules et donner de fraternels baisers à la cambrioleuse de leur félicité. Tout au plus admettait-elle qu'on continuât de vivre près de celui qui vous fit souffrir, parce que ce martyre vous facilite les effets progressifs de l'ultime châtiment.

Et c'est pourquoi elle se fut bien gardée de quitter Pierre.

Ce dernier, à son tour, ne pouvait plus partir.

— Si tu t'en vas, lui répétait Blanche, je dirai partout que tu as tenté de m'étrangler et la police s'occupera de nos petites affaires.

Il avait peur. Beaucoup d'amoureux sont vaincus par ce sentiment-là.

Certes, Pierre songeait sans cesse à Mme Muzeray qui, loin de lui, attendait les événements et ne perdait pas confiance. Ils s'étaient juré, après la grande scène de la résurrection de Blanche que, quoi qu'il arrivât, ils resteraient l'un à l'autre, et laissait espérer à Lucienne qu'une nouvelle étape était franchie et que la porte de la cité du bonheur était plus proche.

Cependant, tandis que Mme Muzeray s'embellissait de patience, Mme Rivois, elle, s'exaspérait de piétiner. Les scènes perpétuelles dont elle gratifiait son mari n'étaient que pour lui donner un avant-goût de ce qui allait suivre, et, ce qu'elle souhaitait surtout, c'était d'atteindre Mme Muzeray. Car, faire souffrir l'être que l'on aime et qui ne vous aime pas n'est qu'un jeu sans importance si l'on ne parvient à supplicier l'être exécré qui lui tient au cœur.

*— Pardon, vous êtes bien M. Joachim Fournier?* (p. 10).

Deux ou trois fois, Pierre avait essayé timidement de lever le drapeau de la révolte. Immédiatement Blanche avait usé d'un argument qui l'avait muselé :

— Je me tuerai un jour ! Et, cette fois, pour de vrai ! Pas de laudanum ! La fenêtre ! Oui, je me jetterai par la fenêtre, après avoir écrit au commissaire de police pour lui raconter tout, tout. De sorte que, morte, je serai l'épouvante de tes rêves et que mon cadavre s'installera entre toi et cette fille.

Persuadé qu'elle mettrait sa vengeance à exécution, qu'elle choisirait cet ultime moyen de l'embêter, il se taisait, dompté et lâche.

Ses amis se gaussaient de lui. A l'un d'eux, qui avait tenté de lui montrer qu'il s'enlisait dans une pusillanimité visqueuse où il engloutissait tout ce qu'il y avait de bon et de noble en lui : talent, dignité, indépendance, il avait répondu, avec une tristesse lasse :

— Je suis envoûté! Tant que je serai près d'elle, je plierai, je serai sa chose... Il n'y a rien à faire...

Constatant que Pierre, peu à peu, se résignait aux scènes quotidiennes qu'on lui faisait endurer, mieux, qu'il arrivait à s'en accommoder, Blanche pensa :

— Avec tout ça, je ne suis pas vengée. Monsieur s'habitue, monsieur fait le philosophe, monsieur prend des petits airs détachés. Attends un peu, fripouille, que je trouve le moyen de te faire grincer des dents !

Soudain, un trait de lumière traversa son esprit.

La peine du talion est toujours à la disposition des femmes trahies, et cette sorte de représailles est d'autant plus agréable qu'on peut y goûter un plaisir profond.

Blanche savait bien qu'elle n'aurait pas de joie à tromper Pierre, qu'elle aimait d'un amour profond et irrité. Mais elle ne voyait pas de meilleure méthode de vengeance. C'est pourquoi elle résolut de s'y arrêter.

## V

### A LA PORTE DES FOUS

Décidément, se répétait Pierre Rivois, il faut en finir ? Comment réussir à me débarrasser d'elle ?

C'était le problème à résoudre, mais à résoudre avec élégance, à cause de Lucienne qu'il ne fallait, à aucun prix, mêler publiquement à un scandale. Hélas ! plus il examinait et retournait les termes du problème, plus la solution se baît !

Il avait passé en revue tous les procédés réputés classiques de dénouer les nœuds gordiens des mauvais ménages : fuite, divorce, meurtre. Aucun ne remplissait les conditions requises. Abruti par tant de réflexions, il en vint à penser que, chacun des trois premiers moyens étant, tout seul, insuffisant, il n'avait qu'à les employer tous les trois ensembles, ou plutôt tous les trois l'un après l'autre : divorcer d'abord, la tuer ensuite, et pour finir se sauver avec Lucienne.

Alors, il se creusa la cervelle, à la recherche des souvenirs de tous les romans-feuilletons, et mêmes des romans ordinaires, des romans à thèse, à clef ou à symboles, de tous les pays, de toutes les espèces, qu'il avait pu lire depuis son enfance... Et ceci le conduisit un matin dans le cabinet de Me Bosselet, avocat à la cour, à qui il exposa ses déboires conjugaux.

— Vous devez comprendre, mon cher maître, termina-t-il, combien il est urgent que je sauve des mains de cette chipie ma vie, ma liberté, mon argent, mon honneur et mon amour... Mais voilà, je suis artiste, et les artistes ont l'habitude de se taper le front aux étoiles. Ma femme, elle, se cramponne sur la terre, et non dessous, comme, en un moment, il me fut doux de l'espérer...

Grave comme un augure, Me Bosselet parla :

— En somme, monsieur, vous voulez vous délivrer d'une épouse gênante. Il vous répugne de recourir aux moyens illégaux et violents, parce qu'ils vous paraissent impraticables et que vous redoutez la justice des hommes. Reste la ruse : elle est la seule force qui puisse désarmer la jalousie d'une femme et défier la loi en vous permettant de garder, aux yeux de votre monde, une apparence irréprochable.

— La ruse ! soupira Pierre, je suis un piètre renard !

— La fréquentation des poules nous apprend à nous améliorer, fit Me Bosselet, qui ne dédaignait pas, dans les cas graves, d'avoir le mot pour rire. Donc, ne vous alarmez point d'avance au sujet des luttes sournoises, des diplomaties dont le mot de ruse pourrait vous suggérer la perspective et, si vous suivez mon conseil, votre seul souci sera de trouver quelque médecin assez intelligent et assez charitable pour consentir à certifier que votre conjointe, atteinte de folie, est à la veille de devenir un danger social. Il existe des maisons de santé discrètes, confortables, où votre épouse, strictement gardée, pourra d'autant moins contre vous que, certaines petites formalités administratives remplies, la loi sera de votre côté. Au reste, dites-vous bien, si votre conscience s'effraye des responsabilités, que cette question de la folie, complexe, troublante, est bien mal définie encore. Ne pourrait-on, sans paradoxe, soutenir que la jalousie, surtout entre époux légitimes, est un genre de dérangement cérébral, incurable et particulièrement périlleux ?

Cette consultation fit le plus grand bien à Rivois. Elle l'arma de courage et d'espérance. Il sut désormais sourire à Blanche, ce qui, on l'imagine, exaspérait davantage la ressuscitée.

— Ça va bien, ça va bien, se répétait Pierre. Elle se met en forme pour le petit examen que je vais bientôt lui faire subir !

C'était, entre eux, la guerre ouverte. Ils la faisaient sans bruit, mais férocement, chacun trop absorbé par son but pour pouvoir s'attarder encore aux vaines querelles, aux scènes tapageuses qui font la joie des domestiques et des voisins.

Pierre, cependant, se réjouissait à part lui. Il avait déjà obtenu l'adresse d'une maison de santé. Un après-midi, il s'y rendit, pressé d'en finir, comptant bien que ce ne serait plus ensuite qu'une question de quelques jours, de quelques démarches, et puis, enfin, la liberté, Lucienne, et le bonheur !

A l'écart d'un petit village, c'était, au milieu d'un vaste parc seigneurial, clos de hautes murailles, une manière de petit château Louis XVI, entouré de pelouses fleuries. Tout y était calme, accueillant et gai. Pierre Rivois fut introduit par un domestique en livrée discrète, dans un salon aux boiseries claires, aux meubles d'une sobre richesse, où seuls quelques détails révélaient le cabinet du médecin-chef.

Pierre estima que l'homme qui vivait dans un tel cadre devait harmoniser son esprit au décor, et que Blanche serait une heureuse captive.

— Elle mérite un cabanon, songeait-il, je vais lui donner un manoir. Il est écrit que la diablesse sera toujours mon obligée.

Nous nous plaisons à de pareilles constatations quand les projets qui nous font agir nous laissent mal à l'aise.

Bientôt le directeur de l'établissement fut devant Pierre. Ce docteur, jeune encore, élégant, avait tout du gentleman et rien du bourreau. Pierre eut une nouvelle occasion d'imposer silence à ses scrupules, et, très simplement, il exposa au docteur Bernier le but de sa visite.

Celui-ci ne manqua pas de vanter son établissement.

— Vous allez voir, monsieur, en parcourant cette maison, comment j'ai réussi à y allier le confort et le luxe modernes aux derniers perfectionnements de l'art hospitalier. Quand à la méthode de traitement employée, je puis dire qu'elle est nouvelle et toute spéciale. Son principe fondamental est de laisser, autant que possible, au malade l'illusion de continuer sa vie d'avant l'internement. Chaque malade emploie son temps à sa guise, reste chez lui, ou se rend chez ses voisins, se promène, joue, se repose, dort et mange comme bon lui semble... A part quelques rares sujets, dont l'état réclame une surveillance plus étroite, un régime plus sévère, la plupart de mes malades ne sont atteints que de manies, inoffensives ici, mais qui, dans le milieu où ils vivaient auparavant, fussent devenues dangereuses, sinon pour l'ordre public, du moins pour les personnes de leur entourage. Vous en pourrez voir qui, au premier abord, ne donnent, ni par leur tenue, ni par leurs propos, l'impression de malades. Il faut, pour déceler le mal, l'œil exercé d'un professionnel.

C'était bien cela que Pierre cherchait et le docteur l'avait compris.

Pourtant, tout en parcourant la maison et le parc, la première opinion de Pierre Rivois se modifiait. Il se dégageait à présent de la demeure une impression étrange, angoissante, quelque chose comme un cauchemar en plein soleil printanier.

Parfois, en passant, Pierre surprenait des bribes de conversations, sensées et courtoises. L'instant d'après, c'étaient d'autres voix, monotones et rauques, qui débitaient sans fin des mots incohérents. Les attitudes et les gestes s'accordaient aux paroles. Certains visages étaient jeunes encore et agréables à voir ; d'autres étaient ravagés, jaunis, avec des yeux dilatés qui luisaient de fièvre, des cheveux en désordre, des bouches hébétées ou furieuses... Dans tout cela, petit à petit, Pierre se perdait, en arrivait à ne plus comprendre. Où étaient les vrais fous, les déments avérés ? Où étaient les autres ?... Comment distinguer des malades ceux qui ne l'étaient pas ? Et même, était-il possible de dire qu'il se trouvât, dans cette maison, des cerveaux indemnes ? La contagion de l'insanité flottait dans l'air, de toutes parts, subtile, terrifiante, indéniable. Et ne fallait-il pas, en passant le seuil verdoyant et fleuri de ce domaine, laisser, comme à la porte de l'enfer dantesque, toute espérance ?...

A ces pensées, un malaise imprécis, une sorte d'effarement moral gagnait Pierre. Il voulut réagir, se dégager de cette obsession, en revenant au but premier de sa visite. Mais les mots qu'il allait dire restèrent dans sa gorge ; une stupeur le cloua au sol, la bouche ouverte, les yeux écarquillés... Etait-ce bien réel ? Ou bien lui aussi devenait-il fou ? Subissait-il déjà une hallucination ? Dans ce salon qu'ils traversaient, la visite finie, un jeune homme blond, au visage frais, coquettement vêtu, était là, cigarette aux lèvres. Et voilà que Pierre le reconnaissait : c'était Brozard, le fils du constructeur d'autos, un joyeux garçon, robuste et sain. L'an dernier, brusquement, il avait disparu, parti en Amérique, disait-on, avec une danseuse. Le retrouver là !...

Le jeune homme s'était redressé, saluait le docteur, regardait Pierre. Un étonnement joyeux se lut sur ses traits. Il eut un élan comme pour s'avancer et tendre la main... Mais le docteur, déjà, avait ouvert la porte et, correctement, entraînait le visiteur hors du salon. Alors, une terreur panique s'empara d'un seul coup de l'âme de Rivois. Il n'eut plus qu'une idée : fuir cette maison et la hantise qui l'y oppressait. Il avait peur, atrocement peur, de ne plus pouvoir s'en aller. Puisqu'on gardait ici Brozard, n'allait-on pas le garder, lui aussi, Rivois, et faire de lui un fou comme les autres ?...

D'un bond il fut à la porte du vestibule, sauta dans le jardin, se précipita dans la voiture qui l'avait amené. Et ce ne fut que chez lui qu'il respira.

Maintenant Blanche lui parlait :

— D'où viens-tu ? Qu'as-tu fait cet après-midi ?... Tu m'as l'air d'être dans un drôle d'état.

Se forçant au calme, il répondit :

— Je viens de voir une pauvre femme passer sous les roues d'un tramway. On n'a beau être qu'un monstre ; c'est un spectacle qui vous bouleverse.

Dans ce désarroi il ne lui restait qu'un seul réconfort : rejoindre Lucienne. Et cela devenait de jour en jour plus difficile, à cause de la vigilance obstinée de Blanche.

Pourtant, il eut un sursaut d'énergie. Une idée lui vint, à laquelle il se cramponna.

## VI

### LE « SIMPLON-EXPRESS » PLUS FORT QUE LA MORT

Les graves personnages qui s'occupent de statistique ont fait, sans pouvoir toutefois y ajouter la moindre explication, cette remarque que le retour du printemps et de l'été coïncide toujours avec une très notable recrudescence du nombre des suicides.

Il ne faut donc pas s'étonner si Pierre Rivois envisageait l'éventualité de mettre fin à tous les ennuis de son existence. Et de même que certains acides possèdent la vertu de ronger le cristal, cette idée de suicide, petit à petit, inexorablement, lui corrodait l'âme.

A part Lucienne, et le beau rêve d'amour qu'ils avaient fait tous deux, qui regrettaient-ils ? Ses camarades, ses relations ? Ils sembleraient émus pendant un nombre de minutes ou d'heures proportionnel à leur sensibilité, à l'ancienneté, à la sincérité de leur amitié et à l'importance de leurs affaires du moment.

— Lucienne elle-même, songeait-il dans ses heures d'amertume, finira par se consoler... Elle est jeune, elle est belle, elle est libre. La joie de vivre la sollicite de toutes parts trop puissamment pour ne pas la distraire très vite de sa douleur... Et ma mort lui sera profitable : une femme pour qui l'on sait qu'un homme s'est tué, acquiert une auréole fatidique. Car je veux que l'on sache tout des causes de ma mort, et, par mes révélations, je vouerai Blanche au mépris unanime.

Ainsi l'épouvantable résolution détruisait, dévastait ses illusions sur la bonté des hommes, sa foi en l'amour d'une femme, son idéal d'artiste, sa générosité morale. Ses journées passaient, mornes et lentes, en méditations solitaires, en rêveries désenchantées sur ce qui serait après, non pas pour lui — la métaphysique n'avait jamais été son fort — mais pour les autres, pour ce qui resterait ici-bas comme témoignage de son existence.

Une constatation anticipée le révolta :

— Et dire que je contribuerai, par mon suicide, à faire plus facile et plus indépendante l'existence d'une femme odieuse !... Non, non, mille fois non ! Je préfère tout donner à l'Assistance Publique ou à la Société protectrice des animaux ! Ah ! Si je pouvais laisser un testament en faveur de Lucienne ! Ouat ! Blanche dans son dépit chercherait à faire annuler mes volontés dernières. Elle invoquerait mon manque de lucidité, soudoyerait de faux témoins. Que faire alors de la fortune qui est mienne, exclusivement mienne ? Eh bien ! la jeter au feu, tout simplement.

Au plus fort de son exaltation, il ouvrit le tiroir d'un secrétaire, y prit des billets de banque. Ce serait un autodafé partiel. Demain, il commencerait à réaliser le reste pour achever l'anéantissement.

— Du feu de billets de banque, se dit-il, voilà pour faire la pige aux plus excentriques milliardaires.

Mais, devant la cheminée, et les allumettes à la main, il abandonna son système. Une autre idée lui était venue. Il remit en place les précieux papiers.

O mystères du cœur humain et plus grands mystères encore de la puissance de l'or ! Cet homme si bien résolu à sortir de la vie, affranchi déjà de toutes les attaches terrestres, gardait, au fond de son cœur, la religion de ce qui crée tant de honte et tant de bonheur. Il hésitait, comme devant un sacrilège à commettre.

Puisqu'il était un moyen de soustraire sa fortune aux besoins ou aux fantaisies de Blanche, la plus élémentaire raison conseillait de l'employer. Il sourit à l'idée de la petite vengeance qu'il allait s'offrir.

L'exécution de ce projet lui procura la diversion de quelques journées délicieuses. Tout en se méfiant de Blanche, en s'efforçant de ne pas éveiller ses soupçons, il s'acharna à ce travail. Bien que facile, il exigeait des sorties, de nombreuses correspondances, postales et téléphoniques.

Le matin, à son lever, il s'enfermait dans son atelier, et là, entreprenait l'autopsie des tiroirs où, négligemment, en artiste, il avait coutume de fourrer pêle-mêle traites et factures, quittances, relevés de comptes, bordereaux de banques, toute la paperasserie qui, des années durant, avait représenté et résumé le mouvement de ses affaires.

Quelle besogne de classement et calculs, pour un homme qui avait toujours eu l'horreur des chiffres! Mais, si l'habitude vous gratifie d'une seconde nature, la fureur n'est pas moins généreuse. Pierre se découvrait d'étonnantes aptitudes pour la comptabilité.

Joyeusement, il monologuait :

— Quelle chose admirable qu'une addition! En voici une qui a tout l'air d'un escalier, en voici une autre impeccable comme un verre de lampe. Vinci seul avait vu clair; ses confrères, petits et grands, ont méconnu l'esthétique des quatre opérations; ils ont eu tort. Si Raphaël me faisait l'honneur d'une courte visite, nous causerions arithmétique.

Au déjeuner, il arborait une mine satisfaite.

D'un coup d'œil, Blanche enregistrait cette transformation.

— Monsieur doit avoir reçu des nouvelles de sa Lucienne, concluait-elle d'un ton aigre-doux.

Quand la rage la tenaillait, elle abandonnait le tutoiement et poussait même la politesse jusqu'à parler à la troisième personne.

Pierre se contentait de hausser les épaules. D'ailleurs, Blanche, très pressée depuis quelques temps par ses rendez-vous avec l'illustre comédien Ronduras, l'amant qu'elle s'était choisi pour rendre à Pierre « la monnaie de sa pièce », n'insistait pas. Elle mangeait à peine, précipitait le service, et se levait de table comme Pierre en était à peine au milieu du repas.

— Georgette, criait-elle à la servante, venez vite m'habiller!

— Ainsi, ronchonnait Pierre, si je veux finir de déjeuner, il faudra que je me serve moi-même ou que j'appelle la cuisinière dont la moustache et les grosses mains m'ont toujours épouvanté.

Les chiffres aussi l'épouvantaient autrefois; et voilà qu'aujourd'hui il s'y adonnait avec plaisir. Il en apprenait tant de choses! A commencer par celle-ci que sa fortune s'annonçait déjà plus importante qu'il ne le pensait, mais qu'elle se trouvait répartie, un compte par ci, un compte par là, dans nombre de banques, au hasard des chèques que ses clientes lui avaient remis.

Il fallait tout réunir dans un seul établissement de crédit, faire vendre, discrètement, titres et rentes et autres valeurs similaires, puis régler les comptes en retard, mettre scrupuleusement de côté la dot de Blanche et ses intérêts (il ne voulait pas passer après sa mort, pour un malhonnête homme) et, ces opérations terminées, escamoter le reliquat.

Au bout de huit jours, un simple rectangle de papier vergé filigrané au chiffre du Comptoir Général, représentait aux mains de Pierre, tout son avoir.

Ce papier en poche, il sortit un matin, prit un taxi, se fit conduire au Comptoir Général, en ressortit un quart d'heure après, avec une bosse assez peu élégante au côté gauche de son veston, prit un autre taxi pour aller cette fois à la succursale parisienne de la Société Bruxelloise. Lorsqu'il quitta ce dernier établissement, son veston avait repris sa ligne normale et il avait en poche un autre rectangle de papier vergé, non moins filigrané, qui équivalait désormais à la fortune de M. Jacques Bélugon, fortune égale, à quelques louis près, à celle dont M. Pierre Rivois était, une heure auparavant, propriétaire.

— Voilà, le tour est joué, se félicita-t-il. Je puis à présent mourir sans regrets. Quand on recherchera mon héritage, bien malin qui devinera ce que j'en ai fait. M. Bélugon, Jacques, lequel n'existe que dans son imagination, restera, aux yeux de la loi, maître légitime de l'argent déposé en son nom... Et Blanche n'aura rien, Blanche n'aura rien.

En attendant, Blanche avait quelque chose que certains rêveurs prétendent préférable à l'argent. Elle avait un béguin pour le cabotin à qui elle avait jeté le mouchoir afin de perpétrer son procédé de peine du talion.

Pierre n'était pas sans connaître la liaison de Blanche; mais plutôt que de calculer les complications qui en résulteraient, il préférait s'imaginer la fureur de la veuve devant la part de fortune envolée. Par exemple, il n'aurait pu dire la date des événements futurs. Toutes ses dispositions étaient prises, ses affaires réglées, son argent caché. Il ne lui restait qu'à fixer le jour de sa mort.

— Voyons, réfléchissait-il, aurai-je le temps de me tuer samedi?... Avant, j'ai à écrire à Lucienne une longue lettre d'explications... D'ici samedi, c'est bien court... Alors, dimanche?... Non, le dimanche est une sale journée... Je ne veux pas trépasser pendant que le peuple parisien mange de la friture.

Sans se l'avouer, il savourait, dans un calme étrange, avec une sorte de plaisir pervers, l'âpre mélancolie de ses derniers jours.

Un printemps merveilleux enchantait les choses. Aux heures matinales, dans l'exquise fraîcheur des Champs-Elysées, parmi les corbeilles fleuries au-dessus desquelles, avec un susurrement doux, s'éployait, en nappes irisées de feux multicolores, le jet des lances d'arrosage, Pierre aimait à venir rêver... Les passantes avaient des grâces attendries, des sourires et des regards neufs. Elles étaient toute la beauté de l'univers, toute la joie de l'amour.

Et Pierre soupirait, parce qu'une silhouette lointaine, quelques traits d'un visage, un détail de toilette, un parfum, un rien, suffisaient à évoquer pour lui l'image de Lucienne. Qu'il eût été doux, parmi ce printemps, de goûter avec elle à cette joie de vivre dont chacun participait, dont lui seul se trouvait exclu!...

Mais, à la fin, qu'attendait-il donc pour mourir, qu'attendait-il donc?

Quand on a, une fois de plus, en toute connaissance de cause, résolu de se suicider, il faut le faire tout de suite, sinon la chair, la pauvre chair voluptueuse et faible, se révolte et commence une lutte sournoise, armée, contre toutes les raisons du cœur et de l'esprit. Elle est si puissante la chair! » Elle sait, avec tant d'adresse, faire partager à l'âme hésitante son effroi du tombeau! Et n'est-ce pas elle qui, depuis des temps immémoriaux, inspire insidieusement toutes les morales qui, sous maints prétextes, réprouvent le suicide, toutes les religions qui s'efforcent d'offrir aux âmes épouvantées par le mystère suprême, la promesse d'un paradis!

Et il vint un beau jour où la chair fit entendre à Pierre Rivois, et sur un ton très net, les paroles de la « Jeune captive » à ses bourreaux : « Je ne veux pas mourir encore! » Et Pierre, qui, ce jour-là, justement, se trouvait d'humeur conciliante, s'attendrit tout de suite et répondit très simplement : « En effet, ce serait idiot. »

Le même jour, Mme Rivois, au thé de l' « Impérial Palace », bavardait gravement avec son amie de prédilection, la sémillante et frêle Clara Dorsangé, jeune personne ayant mal tourné, mais que les artistes recevaient parce que son éclectisme la poussait à acheter des toiles et à offrir de bons dîners.

— Serez-vous, disait Blanche, à la générale de « La Mandragore », jeudi prochain ?

— Certes ! Un tel événement ! Je n'aurai garde d'y manquer.

— Et moi encore moins, vous le pensez. Ronduras vient de m'envoyer deux fauteuils d'orchestre.

— Il sera beau ?

— Colossal, ma chérie, il sera colossal... Une seule chose me taquine : la critique n'aura d'yeux que pour Nelly d'Espingole... Elle sera si bien payée !

— Qui ? Nelly d'Espingole ?

— Mais non, la critique.

— Vous devez savoir, chérie, vous qui êtes dans les secrets des dieux, qui est cette Nelly d'Espingole. On lui accorde un talent inouï, prodigieux !...

— Je vous ai dit que la réclame était payée. Quant à la dame elle est, paraît-il, une ancienne dancing-girl de l'Alhambra de Londres, qui a su gagner et garder toutes les faveurs d'un vieux lord milliardaire. L'an dernier, en Egypte, elle a rencontré Lagalo-Balagaës, l'auteur de « La Mandragore ». Il venait d'achever sa pièce et cherchait un impresario généreux.

— Alors, c'est en Egypte qu cette affaire s'est conclue ?

— Oui, et, pour être précise, aux pieds mêmes du Sphinx... L'auteur, bel homme encore malgré la cinquantaine, complètement ruiné (vous savez qu'il a été exilé du Portugal avec le roi Manoël), l'auteur, donc, fut présenté, au Caire, à l'ex-dancing-girl. L'impression fut formidable.

— Il l'adora subitement ?

— Non, ce fut elle qui prit feu... N'ayant pas à se méprendre sur l'effet qu'il produisait, Legalo-Balagaës se renseigne, dresse son plan, et manœuvre si bien que, huit jours après, Nelly trompait pour la première fois, à son profit, le barbon. Ainsi elle décrocha le premier de « La Mandragore ». Et loin de perdre sa situation auprès du lord, elle a obtenu qu'il fasse les frais des représentations. Il n'y en aura que huit mais ce sera splendide. Ceux qui auront vu le spectacle ne l'oublieront jamais.

Pour son compte, Blanche ne devait jamais, en effet, oublier la répétition de « La Mandragore ».

Cet événement, qui eut lieu en matinée, assembla le Tout-Paris cosmopolite de l'art, de la critique, du monde, de l'industrie et de la finance. Toilettes sensationnelles, bijoux somptueux, beautés célèbres, notoriétés de tout acabit, il y avait de la besogne pour les courriéristes.

Pierre aussi était là. Ayant accordé un sursis à sa mort, le monde le revoyait. Cependant, il était venu d'assez mauvais gré à cette apothéose de « La Mandragore », de Nelly d'Espingole et du « béguin » de sa femme. Depuis deux jours il disait souffrir de maux de tête épouvantables.

— C'est la migraine, avait diagnostiqué Blanche.

— J'appelle ça un mal de tête.

— Je te dis que c'est la migraine.

— C'est curieux, avait constaté Rivois, les femmes ne se plaignent jamais de souffrir de maux de tête; elles ont la migraine : serait-ce donc qu'elles n'ont pas de tête?

Durant tout le prologue, où son amant ne paraissait pas, Blanche inspecta minutieusement la salle.

— Il ne faut pas trop s'y fier, se disait-elle; s'il a mis tant de mauvaise grâce à m'accompagner, c'était peut-être afin de me donner le change. Il se pourrait que Lucienne soit dans la salle et qu'il le sût.

L'inspection terminée, elle se tranquillisa, n'ayant pas aperçu sa rivale.

A l'entracte, ils échangèrent avec des gens qu'ils connaissaient, des salutations, des shake-hands et de brèves critiques sur ce qu'ils avaient vu et entendu.

Les sonneries carillonnant, Blanche se hâta de rentrer. Elle allait contempler Ronduras! Il parut, en effet, sur la scène, dit quelques phrases et se perdit dans la cohue des figurants : il en avait fini pour cet acte.

Blanche, dans un ravissement, soupira.

— Que c'est beau! que c'est beau! Cette littérature me va droit à l'âme.

Après quoi elle se remit à inspecter la salle : Lucienne, qui n'était pas là tout à l'heure, avait pu arriver. Mais, en fin de compte, pas de Lucienne.

A l'entracte suivant, nouvelle sortie, rencontres des mêmes personnes, re-salutations, re-critiques, nouvelles admirations et retour encore plus hâtif, Ronduras tenant tout le « deux », où il allait se tailler un triomphe. Ni Lucienne ni Pierre n'existaient plus, il n'y avait sur terre et sur les tréteaux que le magnifique Ronduras. Il se montra, il faut l'avouer, digne de l'amour de Mme Rivois. Vêtu d'une dalmatique écarlate, le visage auréolé d'une perruque d'or, déclamant les vers amorphes de Lagalo Balagaës, il fit frissonner les femmes.

L'acte à peine terminé, Blanche se leva précipitamment, comme si le théâtre flambait.

— Mais venez donc, ordonna-t-elle à son mari, dépêchez-vous! Allons féliciter Ronduras... Vous n'allez pas prétendre qu'il ne s'est pas montré sublime?

Pierre ne prétendait rien du tout... Et si en ce moment Blanche avait fait attention à lui, elle aurait été intriguée par l'expression, pour le moins anormale, de sa physionomie.

Etait-ce la migraine qui le rendait ainsi agité, distrait, frémissant?

Blanche était bien trop occupée à se faufiler dans la foule pour s'intéresser à la figure de son mari! Mêlée aux privilégiés, elle se dirigeait vers la porte de fer qui donne accès au plateau. Elle voulait arriver la première. Une seule fois, elle se retourna, pour s'assurer de la présence de Pierre, l'aperçut derrière deux autres messieurs, lui fit un signe d'impatience, l'injuria mentalement, continua à jouer des coudes et s'estima en même temps très heureuse d'arriver sans lui auprès de Ronduras.

L'entracte fut long. Le comédien, énervé, pestait tout haut contre son habilleur et, en lui-même, contre tous ces gens, sa maîtresse comprise, qui venaient l'embêter.

Enfin, la sonnerie retentit.

— A demain, glissa Blanche, à l'oreille de son idole.

Elle s'esquiva et regagna son fauteuil. Elle croyait trouver Pierre réinstallé dans le sien. Le fauteuil était vide.

— Où diable peut-il traîner ses grègues? se demanda-t-elle.

Mais le rideau se levait sur le dernier acte, et Ronduras se pavanait devant le trou du souffleur. Le reste de l'humanité était sans importance.

L'acte fut joué. Il y eut des rappels, des ovations, des hurlements sans fin. Nelly d'Espingole envoya des baisers, Ronduras clama le nom de l'auteur, puis la salle se vida. Pierre n'avait pas reparu...

Une vague inquiétude commença alors à gâter toute la joie de Blanche.

— Il m'attend sans doute dehors, se dit-elle.

Elle se hâta de sortir et demeura sur le trottoir jusqu'au moment où, toute la foule s'étant écoulée, cette vaine faction lui parut du dernier ridicule.

Elle perdit encore dix minutes à guetter en vain un taxi, ne trouva qu'un vieux fiacre où, durant le trajet, elle pensa mourir d'impatience. Qu'allait-elle apprendre en pénétrant chez elle? Si le gredin était là, quelle scène elle lui réservait pour lui avoir infligé de pareilles angoisses!

— Mais non, madame, monsieur n'est pas rentré, répondit à sa question la femme de chambre.

Une fureur indescriptible l'envahissant, Blanche se mit à hurler, tandis que Georgette, prudente, s'éclipsait :

— Comment! Comment! Vous osez me dire qu'il n'est pas rentré!... Mais alors, mon Dieu! que se passe-t-il? Qu'est-ce que cela signifie?...

Cela signifiait tout simplement que Pierre Rivois avait, depuis vingt minutes déjà, quitté Paris par le « Simplon-Express » en compagnie de Mme Muzeray.

## VII

### Un chat providentiel

Dans les circonstances les plus graves, il n'est pas rare que l'amour-propre soit le premier atteint. Après qu'elle eût un peu calmé sa fureur aux dépens de menus bibelots, qu'elle eût piétiné son manteau et envoyé son sac à main à travers l'espace, Blanche Rivois s'arrêta à cette pensée, absolument intolérable, que tous les domestiques, bientôt, du haut en bas de la maison, feraient sur elle des gorges chaudes. Hier encore elle avait le beau rôle ; c'était elle qui rendait l'autre ridicule; on souriait de la nonchalance, de la résignation de son mari. A présent que la victime s'était dérobée, les mauvaises langues s'exerceraient à son détriment.

La perspective de servir de cible aux quolibets de la maisonnée et des boutiquiers fouetta sa rage. Elle sonna Georgette, se fit dévêtir, puis ordonna que l'on serve le dîner.

— Laissez les deux couverts, fit-elle, monsieur sera là tout à l'heure.

Mais, quand elle fut seule, en face de la place vide, une bouffée de souvenirs lui monta au cerveau, comme une odeur de choses mortes... Sa première rencontre avec Pierre, leurs fiançailles, les premières années ensemble, tout le bonheur qu'elle goûtait, malgré sa jalousie naissante et le graduel détachement de Pierre, jusqu'à ce jour fatal où elle avait voulu mourir et où elle n'avait, par une suprême ironie du destin, conservé la vie que pour perdre, d'un coup, toutes ses illusions sur la fidélité de Pierre et sur l'amitié de Lucienne... Ce qui suivait ressemblait maintenant à un mauvais rêve. Quel démon avait pris, depuis ce jour-là, possession de son âme, l'avait contrainte à vivre cette existence diabolique dont l'unique but était de châtier qui l'avait outragée?

Elle ferma les paupières pour écraser ses larmes.

— C'est fini, tout est fini, murmura-t-elle. Je l'aimais encore et je ne le verrai plus.

Il lui sembla qu'elle s'enfonçait dans du noir, interminablement.

Mais une telle défaillance ne pouvait durer, c'était trop peu dans son caractère. Promptement elle se ressaisit, raffermit son maintien et se mit à examiner toutes les explications de cet événement. Un accident?... Cela était impossible; Pierre avait sûrement des papiers sur lui, déjà elle aurait été avertie. La rencontre de quelque ami? En pareil cas, Pierre ne se serait pas attardé si longtemps sans la prévenir. A moins qu'il ait voulu lui faire une mauvaise farce?... Non, il la connaissait trop pour se risquer à jouer ainsi avec elle. Alors, quoi?... Un événement fantastique, un enlèvement?... Par qui? Pour quelles raisons?... Une agression? Un accès de folie ou d'amnésie?... De telles idées lui firent hausser les épaules.

En définitive, elle ne voulait admettre qu'une explication, et la plus pénible pour elle : le départ volontaire, la fuite préméditée, seul ou avec Lucienne, elle ne savait pas; mais ce dont elle était sûre, c'est que Pierre était parti.

Successivement, elle visita la chambre de Pierre, son cabinet de toilette, son atelier, sans omettre d'ouvrir un seul meuble, de vider un seul tiroir. Combien d'objets, ainsi faisant, déplaça-t-elle? Lingerie, vêtements, chaussures, coiffures, brosses et flacons, papiers, toiles, pinceaux, tubes de peinture, tout lui passa entre les mains, fut examiné, flairé, tourné et retourné, sans rien lui apprendre. A l'aube, exténuée, elle comprit que le meilleur était de se coucher pour continuer à réfléchir.

Lorsque le soleil éclaira la chambre, sa résolution était prise.

— Je ne suis pas de taille à lutter seule, s'avoua-t-elle, et je suis assez riche pour m'adjoindre un coadjuteur avisé.

Elle prit un journal, courut aux petites annonces, y retint un nom et une adresse suivis de quelques lignes de réclame qui lui donnèrent confiance, et, sans perdre une minute, griffonna un petit bleu.

Joachim Fournier, de l'agence Fournier et Bénivel (Enquêtes, surveillances, renseignements de toute nature, Paris, province et étranger), jouissait d'une réputation très méritée de policier habile, joignant le génie instinctif, le flair, à une patience d'insecte et une logique de vieux mathématicien.

Lorsqu'il se présenta chez Mme Rivois, le lendemain de la disparition de Pierre, ni la concierge, en lui indiquant l'étage, ni Georgette, en l'introduisant auprès de sa maîtresse, n'auraient voulu croire que cet homme jeune, vêtu avec la plus parfaite élégance, de visage agréable, de manières tout à fait distinguées n'était pas un gentleman. Blanche, elle-même, en le voyant s'incliner devant elle avec l'aisance d'un visiteur du meilleur ton, craignit quelque méprise.

Avant de trouver son nom dans les annonces d'un journal, elle avait bien entendu parler de Fournier comme d'un policier merveilleux et d'extérieur très convenable, mais elle ne s'attendait pas à le trouver si parfait, à ce deuxième point de vue.

— Vous avez bien voulu, madame, me demander de venir à vous, sans retard...

Blanche hésita devant tant de courtoisie.

— Pardon, vous êtes bien M. Joachim Fournier.

— De l'agence Joachim Fournier et Bénivel, parfaitement madame.

Brutalement, elle exposa les faits :

— Mon mari, dont le nom vous est sans doute connu, a disparu depuis hier après-midi. J'ai tout lieu de supposer qu'il m'a abandonnée pour suivre une rivale. Voici, d'ailleurs, dans quelles circonstances...

Petit à petit, tandis qu'elle parlait, son furieux ressentiment à l'égard de Pierre et de Lucienne l'exaltait, l'emportait. Fournier écoutait sans mot dire, avec, parfois, un geste discret, un lent hochement de tête, une brève exclamation à mi-voix pour marquer qu'il comprenait bien et qu'il s'apitoyait.

Quand la jeune femme eut tout raconté (sauf, bien entendu, ses frasques à elle), il attendit qu'elle se ressaisît pour prendre, à son tour, la parole.

Sur le ton d'un ami en visite de condoléances, il fit sa profession de foi :

— Croyez, madame, que je compatis à toutes les peines dont vous venez de me faire la confidence. Ai-je besoin de vous assurer que le secret en sera gardé scrupuleusement par moi? J'accepte la mission que vous me confiez... Soyez certaine que je ferai l'impossible pour vous donner satisfaction.

Après une pause, il reprit :

— Maintenant, madame, il est certains points sur lesquels j'aurais besoin d'être renseigné spécialement. Pardonnez-moi si les questions que je dois, pour cela, vous poser, sont de nature à réveiller en vous des souvenirs pénibles. C'est là une des plus cruelles obligations de ma profession.

Acquiesçant d'un signe de tête, Blanche s'attendait à le voir tirer de sa poche un stylographe et un calepin. Il n'en fit rien. Sa mémoire, merveilleusement exercée, suppléait à tout.

— Vous ne prenez pas de notes? se permit-elle de remarquer.

Fournier pointa son index vers son front.

— Elles sont là, comme là sont mes registres, ma correspondance, mes fiches, mon bureau. Jamais des gens du monde n'ont vu la couleur de mon crayon, je laisse cet instrument aux petits journalistes.

Mme Rivois avait prié qu'on la renseignât d'abord sur Lucienne. La réponse confirma ce qu'elle avait prévu.

Mme Muzeray avait quitté Paris, et sans laisser d'adresse. La veille même de la générale de « La Mandragore », la jeune veuve, ayant congédié ses domestiques, était partie de son domicile, précédée de deux malles volumineuses qu'une voiture des chemins de fer avait transportées à la gare du Nord. Là, on trouva deux ou trois employés qui se souvinrent d'une belle jeune femme blonde et de ses bagages. Quand à la destination qu'elle avait pu prendre, leurs déclarations, peu précises, se contredisaient.

Fournier abandonna la piste de Muzeray pour celle de Rivois.

— Comme elles bifurquent sûrement, monologuait-il, je suivrai la plus simple. Celle de la dame est compliquée, occupons-nous de l'autre.

Il importait de saisir, au théâtre et dans ses alentours, la trace de Pierre. Dans cette partie de l'enquête, le détective comptait surtout sur le hasard pour obtenir des renseignements. Pierre Rivois, ayant quitté sa femme pendant le troisième entr'acte, avait pu sortir du théâtre sans être remarqué. On ne pouvait songer à questionner toutes les personnes qui assistaient au spectacle, il fallait donc restreindre le champ des investigations aux ouvreuses, aux contrôleurs, aux agents, aux gardes municipaux de service ce jour-là, et au personnel des brasseries voisines. Cela faisait quand même un nombre respectable de gens à interviewer, probablement sans aucun résultat. Fournier, qui n'aurait pu suffire, à lui seul, à une telle besogne, la répartit entre une dizaine de bons limiers dont il disposait.

Le deuxième jour de l'enquête, qui était un dimanche, le détective reçut, à midi, les rapports de ses hommes. Ainsi qu'il s'y attendait un peu, les recherches, pourtant bien pratiquées, étaient vaines. Autour du théâtre, dans un rayon d'environ deux cents mètres, nul n'avait relevé la moindre trace du passage de Mme Muzeray et de Rivois.

En toutes circonstances où son flair se trouvait en défaut, Joachim avait l'habitude, où qu'il se trouvât, de s'en aller, tout droit devant lui, au hasard des rues, uniquement pour mieux réfléchir.

— L'esprit du flic vient en marchant, affirmait-il.

Or, en se promenant après son déjeuner à la rencontre de l'esprit, Joachim Fournier serait peut-être allé loin si une averse subite ne l'avait immobilisé dans une petite rue déserte, à quelques mètres de la boutique d'un marchand de vins. Sans hésiter, il pénétra dans cet établissement peu somptuaire, préférant la compagnie de gens modestes à l'effet d'une intempérie sur son costume.

A part un gros chat roux vautré sur une table, le cabaret était, pour le moment, complètement désert. Joachim Fournier aimait beaucoup les chats ; il commença donc par flatter et caresser celui-ci. Vingt minutes plus tard, le ciel étant redevenu radieux, il reprenait sa promenade, mais, cette fois, avec l'allure d'une personne qui a un but précis et se hâte d'y parvenir.

Ce même dimanche, vers trois heures de l'après-midi, Mme Rivois recevait par la voie pneumatique, cet intéressant billet :

« Madame,

« J'ai l'honneur, en même temps que le plus extrême plaisir, de vous informer que pour mener à bonne et prompte fin la mission dont vous m'avez chargé, je dois, ce soir même, quitter Paris. J'ai tout lieu d'être persuadé que je suis sur la bonne piste.

« Vous voudrez bien m'excuser si je ne puis, pour le moment, vous fournir de plus amples détails.

« Je m'empresserai de vous faire connaître, au fur et à mesure, les résultats de mon voyage.

« Daignez me croire, Madame, votre respectueusement dévoué.

*« Joachim Fournier. »*

. . . . . . . . . . . . . . . . . . . .

Sur la terrasse de l'hôtel Mont-Fleury, à Ouchy, Pierre Rivois, ce mardi matin, cinquième jour de sa fuite en Suisse, se balançait nonchalamment dans un rocking-chair. Souriant à ses rêves, aux êtres et aux choses, il attendait que Lucienne Muzeray, encore à sa toilette, vînt s'installer auprès de lui.

L'indicible, l'ineffable bonheur qu'il lui était enfin permis de goûter, après tant de souffrances et de tribulations, le transfiguraient. Lui-même, dans son cœur et son esprit rajeunis, illuminés, ne se reconnaissait plus.

— Il y a, dans le hall, un monsieur qui désire parler à monsieur.

A cet avertissement d'un groom, il sursauta.

— Qui est ce monsieur ? Vous a-t-il donné sa carte ?

— Il n'a pas voulu me la remettre. Il a dit seulement qu'il venait au sujet d'un chat que monsieur voulait acheter.

— Un chat ! Un chat ! Mais, autant qu'il me souvienne, je n'ai jamais parlé d'acheter un chat...

Que signifiait donc cette histoire de chat pour laquelle on venait jusqu'ici l'importuner ?

— Enfin, je vais bien voir, décida-t-il. Faites entrer ce monsieur !

Devant le touriste correcte, jaune, plaisant, qui s'avançait, Pierre crût prudent de paraître aimable.

— Ne craignez-vous pas, monsieur, de vous méprendre ? Je ne crois pas vous avoir jamais rencontré... Quand à cette histoire de chat...

— Elle ne remonte, en somme, qu'à jeudi dernier...

Pierre ne put réprimer un léger tressaillement. Cette allusion soudaine au jeudi précédent le troublait. Pourtant, il affirma encore

— En vérité, monsieur, je vois de moins en moins quelle peut être votre intention... Voudriez-vous me l'expliquer plus clairement?

— Puisque tel est votre désir, monsieur, je précise : n'est-il pas vrai que, jeudi dernier, vers six heures du soir, six heures cinq au plus tard, vous ayiez manifesté l'intention d'acheter un chat, un gros chat angora, d'un roux flamboyant, un chat vraiment magnifique ?

Oui, maintenant Pierre se souvenait !

Eh bien, pour une tuile, c'était une tuile, une tuile en forme de chat, voilà tout. Non mais, pouvait-il prévoir qu'après avoir mis la frontière entre ses amertumes et son amour, ce quadrupède abhorré de Buffon, chéri de Richelieu et de Beaudelaire, s'insinuerait jusque dans ses bagages ?

Impertubable, l'autre continuait :

— La bête, pour un amateur, valait les deux cents francs que vous en offriez. Sa pelure, sa grâce, méritaient aussi qu'on lui fît visiter l'Europe. Et c'est pourquoi vous avez ajouté, après votre proposition d'achat : « Je lui ferai faire un tour en Suisse. Comme Mme de Staël il verra le lac de Genève. »

Qu'eût pu prétexter Pierre pour contredire l'inconnu ? C'était la catastrophe. Impuissant, atterré, il n'avait plus qu'à s'en remettre au destin. Il écoutait, stoïque, ce que l'autre croyait devoir ajouter :

— Cela se passait à Paris, dans la boutique d'un marchand de vins, où, je le reconnais, vous n'étiez pas venu dans le but exprès d'acheter un chat, mais dans celui d'attendre quelqu'un... Faut-il vous apprendre encore que seule l'arrivée de cette personne a empêché l'affaire de se conclure... Vous avez oublié le chat admiré et convoité l'instant d'avant, pour d'autres soucis plus importants, plus urgents... Notamment celui du voyage que vous alliez faire, le soir même, avec cette personne, comme en témoignait la question que vous lui posâtes, relativement à certain chapeau mou qu'elle devait vous apporter, qu'elle vous apportait, en effet, dans un carton, chapeau tout à fait nécessaire, car vous ne pouviez, raisonnablement, partir pour la Suisse en tuyau de poêle.

D'une voix de coupable devant un juge, Pierre balbutia :

— En effet, monsieur, je commence à me souvenir... Et je crois aussi que toute explication serait désormais superflue entre nous... Je devine de la part de qui vous êtes là... et ce que vous êtes...

Une nuance de mépris perça dans ces derniers mots.

— Restons-en là, conclut-il.

Et il fit un geste pour congédier son interlocuteur.

Mais celui-ci insistait encore.

— Certes, je conçois que mes paroles et ma présence vous soient pénibles. Vous les subirez néanmoins. Il me reste bien des choses à vous dire et de la plus haute importance.

— Et si je ne veux pas vous écouter plus longtemps ? lança Pierre, qui sentait une colère naître et gronder en lui.

Il fit quelques pas, puis violemment vint se placer en face de Joachim Fournier, car c'était bien l'habile détective mondain au service de Blanche qui se trouvait devant lui.

— Vous étiez, n'est-ce pas, chargé de me retrouver ? Vous m'avez retrouvé. Attendez-vous que je vous en félicite ?... Mais quand bien même vous seriez chargé de me notifier quoi que soit de la part de... n'importe qui, sachez que je ne veux rien savoir de cette personne par votre intermédiaire. J'attendrai ici qu'elle vienne discuter avec moi. Soyez sans inquiétude, mon intention n'est pas de vous échapper.

Fournier s'étonna :

— Ne serait-ce pas cependant le meilleur parti que vous puissiez prendre ?... Ah ! monsieur, continua-t-il, vous ne sauriez croire combien je regrette que vous vous refusiez à m'entendre, combien je suis navré de vos préventions à mon égard !... Pourquoi me considérer comme un ennemi, comme un adversaire ?

A ces derniers mots, Pierre Rivois leva la tête.

— Ah çà ! dit-il, que prétendez-vous donc ? Voudriez-vous que je vous regarde avec sympathie, dans la situation, très précise, où nous nous trouvons l'un vis-à-vis de l'autre ?

Joachim eut un geste pacifique.

— Cette situation est-elle immuable? Et ne puis-je, de votre ennemi, de votre adversaire, devenir... je n'oserai, certes, dire votre ami, malgré le vif plaisir que j'en éprouverais, mais, du moins, votre allié, votre serviteur ?

— Qu'entendait Pierre ? Pouvait-il en croire ses oreilles ? Il fixa sur Fournier un regard déjà reconnaissant, tandis que, machinalement, il prenait son portefeuille. Mais le détective, vivement, arrêta son geste :

— Je vous en prie, remettons à un peu plus tard nos accords sur ce point... de détail. Je tiens à vous laisser de moi une opinion favorable. Vous ne voyez encore en moi qu'un policier, dans le sens le plus péjoratif que l'on attache à ce mot, tandis que, réellement, je m'efforce, en exerçant cette profession, de la relever du décri où elle est tombée... Croyez-vous que je veuille borner ma tâche, en ce qui vous concerne, à vous laisser fuir aujourd'hui, pour vous abandonner ensuite ?... Oubliez-vous qu'il est une autre personne, également intéressée dans cette affaire, qui ne cessera de tout mettre en œuvre pour vous dénicher, contre laquelle vous devez donc être constamment protégé? Et ce rôle de protecteur, nul ne pourrait mieux le remplir que moi.

— Pour d'aucuns... ce système de contrepartie... remarqua Pierre.

— Oui, c'est de la contrepartie que je fais, à l'instar de certains banquiers, qui ne sont, d'ailleurs, pas déconsidérés pour cela... Encore que leur but exclusif soit un but de lucre...

— Tandis que le vôtre ?

— Tandis que le mien est plus haut, plus noble. Si ces gens, pour atteindre le leur, marchent parmi les pires turpitudes, les ruines, les larmes et les deuils, moi, je rêve, tout au contraire, de ne faire que des heureux. Je rêve d'assurer, à ceux que je sers, selon mes préférences, sinon la joie, sinon le bonheur, qui ne dépendent pas toujours de moi, du moins ce qui en est la condition essentielle : le calme, le silence et la sécurité.

Il parlait, il parlait, tout enflammé de généreuses convictions, emporté par son sacerdoce... Il n'était plus un policier, mais un poète, un philanthrope, mieux que cela : un ami de l'Amour, et mieux encore : une incarnation, vêtue à la dernière mode, du Dieu lui-même des amants.

## VIII

### PETITS JEUX DU HASARD, DE LA POLICE ET DE L'AMOUR

Après avoir chanté son propre génie, Joachim Fournier, revenant à Rivois, avait terminé par ce laïus :

— Qu'allez-vous faire ? Courir le monde ? Tel l'oiseau, vous poser aujourd'hui sur cette branche, demain sur une autre ? Fuir la nuit, ou fuir le jour ? Ce serait insensé. Depuis qu'il y a sur terre, des gens qui ont besoin, pour quelque motif que ce soit, d'échapper à d'autres gens qui les recherchent, les uns et les autres s'accordent à reconnaître qu'entre toutes les grandes villes, Paris est le seul endroit où les bandits, les hypocondriaques et les amoureux peuvent passer inaperçus. Regagnez donc au plus vite ce Paris, cher au couple Manon-Des Grieux et à tous les amants de l'histoire et de la légende. Nul n'aura l'idée de vous y rechercher, et, si l'on vous y accoste, faites le fou ou l'imbécile, à votre choix, mais jamais au grand jamais, ne laissez deviner à l'indiscret qu'il ne s'est pas trompé... Cependant, en vue de plus de sécurité, logez-vous dans un quartier joyeux, affairé ; mêlez-vous à la foule, ou demeurez chez vous, peu importe ; mais agissez toujours le plus naturellement possible et faites-vous appeler comme il vous paira... Inutile de modifier votre aspect extérieur. Les maquillages, teintures, postiches et autres artifices prennent du temps et vous trahissent ensuite. Ils ont encore un autre inconvénient : celui de ne plus assez rappeler, aux yeux de la personne aimée, les traits qui surent lui plaire. N'oubliez pas que les quelques détails qui ont été convenus entre nous, notamment de me faire connaître, sinon votre adresse, tout au moins le moyen de communiquer avec vous, quand le besoin s'en fera sentir... Autrement dit : ne dévoilez pas, à propos de bottes, vos désirs et vos projets devant les étrangers et chez les marchands de vins ! Une recommandation dernière : « Méfiez-vous des chats ! »

Autant qu'éloquent, Joachim était persuasif. Le lendemain, convertis à ses doctrines, Pierre et Lucienne retournaient à Paris. N'omettant rien, le détective avait réglé tous les détails de leur départ et tracé un double itinéraire : le leur, qui les conduisait tout droit à Paris ; le sien, qui lui permettrait, sous le nom et avec la malle de Rivois, d'entreprendre, le lendemain, un voyage aux lacs italiens.

Dans la prison de leur compartiment, Pierre et Lucienne respiraient librement.

— Où est-on mieux, constatait Rivois, qu'au sein des compagnies de chemins de fer? Le monde est grand comme un mouchoir de poche. Si l'on joue aux quatre coins, impossible de ne pas marcher sur les pieds de ses adversaires.

Mais Lucienne, élégiaque, soupirait :

— Qui eût dit qu'au bord de ce Léman enchanteur la déveine nous poursuivrait ? Quel délice, ce panorama, quel repos cet atmosphère! Et nous voilà maintenant à déambuler au gré d'un détective !

Un fracas couvrit la parole de Lucienne : la locomotive sifflait, les wagons grondaient sous un tunnel. Au sortir du souterrain, le train ralentit ; des signaux, là-bas, montèrent et s'abaissèrent. On brûlait une gare, dans laquelle un autre train, en sens inverse, pénétrait également.

...Et dans ce train, qui venait de France, la fatalité voiturait Blanche Rivois.

Elle n'avait pu demeurer plus longtemps à Paris, sachant, par Joachim Fournier, où nichaient Pierre et sa complice. Et quand le train la déposa en gare de Lausanne, elle se jugeait mûre pour tous les attentats.

Ne sachant où diriger ses pas, elle résolut de marcher droit devant elle, tout en dévisageant les rares passants : livreurs pressés, indigènes poussant leurs voitures chargées de boîtes de lait, jeunes boulangères portant le pain. Sait-on jamais ? La promiscuité de la rue est si étonnante ! Si Pierre était caché sous cet accoutrement de paysan vaudois ! Si Lucienne s'était camouflée en chiffonnière! Et à la recherche des gredins et de Joachim Fournier, elle continua sa promenade sans se presser, attentive et prudente. D'ailleurs, elle ne risquait pas se perdre, puisqu'elle ne savait pas où elle allait.

En s'éveillant, à peu près à l'heure où Blanche débarqua, le détective vit sa chambre toute remplie de la joyeuse lumière du soleil matinal. Epanoui, il fit minutieusement sa toilette. Son allégresse était due non seulement au soleil, à l'air pur, à la beauté du paysage, mais aussi à ses pensées :

— La grosse besogne est faite pour l'affaire Rivois, se disait-il. Il ne me reste plus qu'à inventer les petites histoires que je raconterai successivement à madame, pour lui donner l'illusion que je m'occupe toujours de son mari, selon son désir bien entendu. Pour cela, un petit télégramme aujourd'hui, pour lui annoncer mon départ, un rapport demain pour le lui expliquer, et après-demain, je file, réellement, pour le lac Majeur. Il y a assez longtemps que j'attends l'occasion de visiter ces régions-là

Son télégramme expédié, il s'offrit un excellent déjeuner, savoura un cigare princier et reprit sa flânerie dans les rues, s'arrêtant aux devantures, disposé à admirer tout ce qui lui tombait sous les yeux. Rien ne l'obsédait, rien ne le pressait.

L'heure du dîner approchant, et comme il se disposait à regagner son hôtel, il s'arrêta, pétrifié. Si maître de lui qu'il pouvait, être de par les nécessités de sa profesion, cette exclamation lui échappa :

— Ah par exemple, elle est forte celle-là !

Au coin d'une rue, flairant l'air comme pour reconnaître sa direction, Mme Rivois imitait le pigeon voyageur.

— Sale bête ! bougonna Joachim, elle vient jusqu'ici me gâter ma journée de vacances !

Tout d'un coup, dans son cerveau fertile, surgit une idée qui le combla de joie. Aussi fort que, l'instant d'avant, il maudissait Blanche pour sa présence intempestive, il la remerciait à présent, et, *in petto*, votait des louanges au hasard, dieu des policiers, pour cette péripétie imprévue que son génie de détective adapterait merveilleusement à la réalisation d'un nouvel et plus artificieux dessein.

Après quelques pas rapides, Joachim Fournier s'inclinait cérémonieusement devant Mme Rivois.

— Madame !

— Ah ! vous voilà, vous !... Evidemment, vous ne m'attendiez guère.

— Dites même que je ne vous attendais pas.

— C'est un tort avec moi, monsieur, on doit toujours s'attendre à tout.

— Ne jugez-vous pas l'endroit mal choisi pour ce que nous avons à nous dire ? Si nous allions deviser à votre hôtel ?

— J'allais vous le proposer.

Remettant leur discussion, ils parlèrent du temps, du soleil, de la chaleur, jusqu'au palace où Blanche était descendue.

— Venez, fit Mme Rivois, dans ce coin de hall nous serons isolés et très bien.

Fournier s'empressa de lui offrir un fauteuil.

— Là, avec ce coussin sur les épaules, vous serez mieux encore.

— Et maintenant, je vous écoute, dit Mme Rivois en s'installant.

Mais, visiblement, Fournier tenait à reculer le moment de ses explications. Il regardait Blanche à qui la fatigue, en lui ajoutant un léger cerne autour des yeux, allait très bien. Il la trouvait belle, attendrissante et pathétique.

— Permettez-moi de vous demander comment s'est effectué votre départ.

Elle raconta son énervement, sa fièvre d'être loin des événements possibles, sa résolution d'aller à leur rencontre, son voyage, son arrivée, sa journée à Lausanne, ses marches et contremarches.

Debout, le détective hochait la tête, d'un air contrit et grave.

— Que voulez-vous, expliquait Blanche, je ne pouvais plus me tenir en place à Paris. Vos rapports avaient beau me laisser entrevoir comme très prochaine votre réussite, ils ne me calmaient pas... Et il m'a semblé qu'en venant ici je pourrais servir à quelque chose, qu'en me rapprochant du terrain des opérations, en me mêlant à la bataille, j'en hâterais l'issue.

— Hélas ! Hélas ! gémit Joachim, d'une voix lente et lointaine, nous jouons de malheur, et vous n'êtes pas sans avoir collaboré à ce cataclysme... M. Rivois a disparu de nouveau, et, oserai-je vous le dire ? de telle façon, dans de telles circonstances, que sa poursuite me semble désormais plus difficile encore.

A cette nouvelle, Blanche crut s'évanouir.

— Mon Dieu! mon Dieu! qu'avez-vous, madame? « Remettez-vous, je vous en supplie! s'écria Fournier en remarquant sa pâleur.

Il se précipita vers elle

— Accompagnez-moi jusqu'à ma chambre, voulez-vous? murmura-t-elle.

Chez elle, elle tomba dans un fauteuil.

— Madame, madame, daignez me pardonner, suppliait Fournier. Je suis navré, désolé... Excusez-moi... j'ai cru de mon devoir... Oubliez ce que j'ai pu vous dire... Remettez-vous... je vais vous faire apporter quelque chose...

— Merci, je n'ai besoin de rien... C'est un étourdissement passager...

Elle parlait d'une voix basse, éteinte, avec des inflexions touchantes, une petite voix d'enfant malade.

Son désir de vengeance mis à part, elle ne lisait plus en elle-même.

Joachim, doucement insistait :

— Vous ne devez pas demeurer ainsi... Laissez-moi, au moins... Ce chapeau doit vous peser horriblement...

Elle ne dit pas non... Il s'approcha, retira délicatement les épingles, enleva le fastueux Gainsborough. Quelle idée de venir se promener en Suisse avec un chapeau si volumineux, si impressionnant, si empanaché !

Blanche, soulagée, en effet, le remercia d'un long regard, mouillé, attendrissant.

— Et vos gants ?..

Il les déboutonna doucement, avec des gestes experts et attentifs, qui effleuraient, caressaient les poignets frêles, les mains fines et palpitantes.

— Et puis cette lumière doit aussi vous fatiguer.

Les grands rideaux retombés, la petite pièce parut, tout d'un coup moins banale, plus intime, plus élégante. Il s'y glissait, avec l'ombre, de la fraîcheur, du mystère, de la rêverie, de l'aventure...

Et Blanche n'était plus du tout capable de ressaisir ses esprits. Dans cette ambiance imprécise et douce, elle ne savait plus... Un rêve imprécis la berçait, la câlinait, un rêve où se confondait, avec ses souvenirs, son alanguissement, ses désirs de tendresse. Une illusion nouvelle lui sourit et la sollicita, prometteuse d'oubli, bienfaisante, consolatrice...

Joachim Fournier se pencha vers elle et lui parla. Que lui disait-il ? Elle écoutait, ravie, la voix dont les inflexions étaient autant de caresses...

Il prit les mains que la jeune femme ne songeait pas à lui refuser ; il posa longuement ses lèvres sur les doigts menus qui frémissaient... Caresse timide, mais qui insista, s'enhardit, se prolongea sur les poignets graciles et ronds, où les veines bleues battaient un peu plus précipitamment...

Blanche subissait le charme éternel et toujours nouveau. Elle s'abandonnait avec l'illusion d'une excuse sentimentale qui doublait son émoi.

N'était-ce pas, en effet, inévitable ?... Elle s'y attendait en quelque sorte. Elle en avait eu comme un pressentiment le jour même où le détective lui était apparu. Elle avait été étonnée de sa distinction, elle n'avait pas été sans imaginer les attraits qu'il devait montrer en d'intimes circonstances.

Maintenant, Joachim Fournier n'avait plus à suivre le plan qu'il avait conçu, en apercevant Mme Rivois dans une rue de Lausanne. Assez peu généreusement, il avait voulu, pour se laver de tout soupçon, démontrer à la jeune femme que c'était elle-même, elle seule, qui, par sa venue intempestive, avait provoqué de fâcheux événements : l'alarme donnée aux amants par une dépêche envoyée à Rivois, de Paris, par un policier à sa solde, le départ de Blanche signalé dès qu'elle montait dans son wagon, la fuite des complices et, par suite, la piste perdue, ou devenue inextricable... Il avait préparé preuves et arguments de la meilleurs qualités pour la convaincre, la réduire, la confondre, la désoler. En vérité, elle ne lui était pas sympathique, elle le crispait, et ce lui était un singulier plaisir de pouvoir l'abuser, et de la molester quelque peu par la même occasion.

Il ne pensait pas le moins du monde à faire d'elle sa maîtresse. Cet événement était dû au hasard, qui, plus galant, plus charitable, avait créé un tel malentendu que les embrassements se substituèrent aux explications, les baisers aux reproches et que l'amour, malicieusement, se joua de la police.

## IX

### L'honneur et l'argent

En déchiffrant, malgré les lichens gris qui rongeaient la pierre, la devise latine gravée en exergue dans un écusson rococo, au-dessus de la porte d'entrée, Pierre fit tout haut, d'une voix joyeuse :

— Tiens tu vois : *« Parva domus, magna quies... »* C'est comme dans un roman d'Alphonse Daudet.

Cette remarque amena un sourire aux lèvres de Lucienne. Mais la ressemblance avec la petite maison de l'auteur Delobelle n'allait, ici, pas plus loin que cette inscription lapidaire sur le pavillon que les deux amants, cherchant un logis, étaient en train de visiter.

Il avait bien deux siècles d'existence, ce petit pavillon, à juger par le style de son architecture, par l'indéniable vétusté des pierres, des ferrures, des ardoises mauves, et surtout, par cette atmosphère spéciale, se dégageant de tous les lieux qui abritèrent longtemps de paisibles et régulières existences humaines.

La même douceur, ancienne et familiale, agissait plus encore, le seuil franchi. L'étroit vestibule était frais, clair et hospitalier, avec son carrelage à damiers bleus et blancs, ses murs couverts d'un papier crème à fleurettes roses, avec les premières marches d'un escalier de bois, à la rampe massive, ouvragée, que l'on apercevait, à l'autre extrémité, en pleine lumière, sous une haute fenêtre derrière laquelle bougeaient et bruissaient doucement des feuillages criblés de soleil. Dans les chambres, petites, intimes, aux plafonds bas, des reflets joyeux s'animaient, glissaient, s'arrêtaient aux lames miroitantes des parquets, aux boiseries sombres, enjolivées de sculptures surannées : oiseaux, fleurs, fruits. Malgré l'absence complète de meubles, on ne ressentait pas la désolante impression de froid, d'abandon, d'hostilité des logements vacants. Les fenêtres avaient encore d'épais carreaux verdâtres qui adoucissaient la lumière. Les placards, dont les portes craquaient en s'ouvrant, exhalaient des parfums persistants de lavande et de vétiver qui se mêlaient à la senteur plus forte des cires et des encaustiques.

La ménagère qui sommeille au cœur de chaque femme, s'éveillait en Lucienne, flattée, attirée par cette bonne odeur de propreté, de soins méticuleux.

Et Mme Muzeray s'intéressait, s'enthousiasmait, combinait déjà des installations :

— Avec presque rien, quelques vieux meubles, des tentures, des choses simples et commodes, nous aurons tout de suite arrangé un petit nid charmant et original. Tu ne crois pas, Pierrot?

— Je ne dis pas... je ne dis pas... répondait Pierre. Mais... vois-tu, j'en ai assez des vieilles baraques, des vieux meubles, des hommes cocos, des femmes popotes. Le classique, je l'ai assez vu sous la traite de qui tu sais. On n'a pas encore agité le glaive de la justice, ni empoisonné, ni assassiné personne dans les intérieurs cubistes. Je veux un intérieur cubiste!

— Toqué, va !... Laisse moi toujours combiner l'essentiel, après tu enlaidiras mon œuvre à ta guise... Tiens! de cette grande pièce-là avec ses trois fenêtres, on en fera un atelier pour toi.

— Tu ne crois pas que j'y verrais plus clair en travaillant dans la cave?

Le regard inquiet de Lucienne le fit sourire.

— De grâce, Pierrot.

— Mon amour, mon trésor, ne te fâche pas, supplia Pierre. J'ai dépouillé le vieil homme : celui qui t'a fait pleurer et qui peignait des madames de Chose, de Machin, de Tartempion, de Troulaha. Avec monsieur Pierlu, tu n'as pas fini de rire.

Il était séduit, lui aussi maintenant, par une perspective de calme, auprès d'une femme intelligente et fine. Peu à peu, il oubliait les remarques défavorables qu'il avait faites : les parquets disjoints, les portes, les fenêtres qui fermaient mal ou qui grinçaient, l'absence de bien des commodités modernes, les pièces trop petites, le jardin humide et sauvage.

— Seulement, fit-il, à la fin, nous ne suivons guère, en prenant cette maison, le conseil de Fournier.

— Comment? N'avait-il pas indiqué Montmartre?

— Si, mais peut-être pas le Montmartre où nous sommes, le haut de la Butte. En fait de quartier animé, joyeux, mouvementé, la rue Norvins me paraît plutôt mal choisie... N'importe, louons cette maison puisqu'elle te plaît.

Ainsi fut résolue la plus importante, la plus urgente question de leur existence nouvelle. Pour le reste, Pierre se réservant d'améliorer ensuite, Lucienne se chargea toute seule de l'emménagement.

Le jour vint où la maisonnette de la rue Norvins fut en état de les recevoir.

En la parcourant, sous la conduite de Lucienne, Pierre ne reconnaissait plus le vieux logis. Si l'extérieur n'avait pas changé, si le squelette était le même, quelle magicienne était donc passée par là, lui restituant son âme d'antan ? La moindre chose choisie par Mme Muzeray était à la place exacte qui lui convenait ; il semblait que les meubles, les tentures, les bibelots, n'eussent jamais cessé de faire partie du logis, tant ils s'accordaient bien, par leur âge, leur forme, leur simplicité élégante et solide, aux tons des vieilles boiseries, à la douce clarté que tamisaient les vitres vertes, aux relents de parfums d'autrefois qui persistaient encore. Quelques objets modernes, indispensables, prenaient eux-mêmes, dans cette ambiance, des airs discrets, s'effaçaient, se cachaient, comme honteux d'être si neufs et de n'avoir d'autre excuse que leur utilité.

Pierre Rivols allait doucement, sans mot dire, enchanté. Qu'aurait-il pu trouver à critiquer, dans l'ensemble ou le détail, sans être de mauvaise foi ?

Il se tourna vers sa maîtresse, l'étreignit longuement, passionnément. Des larmes de bonheur lui emplissaient les yeux. Et il répétait, tout bas, d'une voix tremblante où il voulait faire passer tout son amour, toute sa bonne volonté, toute sa foi en l'avenir :

— Ah ! Lucienne ! Lucienne ! comme nous allons être heureux !

. . . . . . . . . . . . . . . . . . . . . . . . . . . . . .

Deux mois environ après leur retour à Paris, Pierre Rivols, se promenait, un matin, dans le petit jardin rustique et frais qui entourait la maison. Une sensation bizarre, imprécise, qu'il tentait vainement de repousser, l'indisposait. Ce n'était pas un pressentiment, pas même une appréhention, et, cependant, cela le gênait, l'assombrissait.

Il songeait tout en marchant

— Peut-être est-ce la fatigue, ou le manque de distractions étrangères... Il faut aérer son bonheur de temps à autre.

Machinalement, il allait, regardant, d'un œil distrait, les choses qui lui étaient familières les vieux troncs enlacés de lierres, les hautes tiges où les dernières roses de la saison se hâtaient de fleurir, dans une exaltation de parfums. Là-bas, un fauteuil rustique semblait l'inviter au repos. Un rayon de soleil, glissait entre les feuilles, se posait sur l'osier de diverses couleurs, sur le bariolage oriental des coussins, faisait chatoyer les nuances vives, sur le fond ombreux de la vieille muraille moussue. Et Pierre, la main au dossier du siège, était sur le point de s'asseoir, lorsqu'il s'avisa tout à coup qu'un petit chat jaune et blanc était là, blotti au milieu d'un coussin, endormi dans le bon soleil, tout ramassé, roulé en cercle, la tête entre les pattes.

— Oh ! l'amour de minou ! s'écria-t-il, d'où peut-il bien venir ?

Il se penchait, avançait la main pour une caresse, amusé, distrait de son ennui par la gentillesse, l'innocence du petit animal... Mais, brusquement, il se redressa, retira sa main, fit un pas en arrière. Ne venait-il pas d'entendre, à son oreille, une voix qui lui répétait le conseil de Fournier : « Méfiez-vous des chats » ?... Une tentation subite lui vint de renverser le fauteuil, de chasser l'innocente bête. Il se contint toutefois et s'éloigna en murmurant :

— Est-ce que, par hasard, je deviendrais neurasthénique... Des hallucinations, des impulsions, de la superstition... Parce qu'une fois j'ai été imprudent au sujet d'un chat, aller croire que tous les chats sont de mauvaise augure ! C'est idiot, franchement idiot !

— Que je t'annonce une grande nouvelle, fit Pierre en retrouvant Lucienne dans la maison. J'ai vu un chat.

— C'est un événement qui pourra se renouveler dans ta carrière.

— Et encore un chat taché de roux... Tu te souviens du dernier conseil du policier ?

Ils en rirent ensemble. L'ennui de Pierre s'était dissipé, comme par enchantement. Le soir, près de s'endormir, le souvenir du petit chat dans le fauteuil lui revint.

— Jusqu'ici, dit-il à Lucienne, le maléfice du jeune chat roux de ce matin ne s'est pas manifesté. Encore une belle journée de prise à l'ennemi !

— Bonne nuit, mon amour, en attendant que le mauvais présage se réalise !

Il devait se réaliser le surlendemain, par cette lettre que Pierre trouva dans son premier courrier :

« Cher monsieur Pierlu,

« Il est urgent que je vous entretienne. Veuillez donc avoir l'obligeance de me faire savoir le lieu et l'heure où je pourrai vous rencontrer.

« Veuillez agréer, etc.

« *Joachim Fournier.* »

— Ça y est, c'est la catastrophe, gémit Rivols, devenu par prudence M. Pierlu. Qu'est-ce qui peut bien m'arriver ?... Le meilleur, pour le moment, c'est de ne rien dire à Lucienne. Mais comment faire pour recevoir Fournier ? Au fait, Lucienne doit aller chez sa couturière à quatre heures. Si j'en profitais ?

Au moment fixé, le détective fut devant lui, toujours courtois, affable, empressé, absolument pareil au souvenir que Pierre gardait de lui depuis leur première et unique rencontre.

— Je vous avouerai, lui dit Rivols-Pierlu, que je ne m'attendais guère à votre visite, et même que j'espérais ne plus jamais vous voir... Pardonnez-moi ces mots... mais vous devez comprendre quel sentiment les dicte, qui n'a rien de désobligeant pour vous.

— Vous devez bien penser que, seul, un motif grave... Voilà, il est survenu un événement qui doit modifier complètement la face des choses.

— Cet événement est-il survenu par ma faute ?

— Non, monsieur, rassurez-vous... Il est d'ailleurs vieux de près de deux mois...

— Et c'est seulement aujourd'hui que vous venez m'en informer ?

— Parce qu'il n'a pris de l'importance que depuis une dizaine de jours.

— Veuillez, monsieur, m'épargner tout préambule.

Joachim Fournier soupira :

— Hélas ! monsieur, votre impatience de savoir me gêne plus que je ne saurais dire... Vraiment, je ne sais pas où commencer.

— Par le commencement, il me semble.

— Eh bien ! monsieur, je suis depuis deux mois l'amant de Mme Rivols.

Mais Pierre ne sourcilla pas.

— L'amant de ma femme !... Ah ! monsieur, je ne sais s'il convient que je vous félicite ou que je vous plaigne... Je suppose néanmoins que ce n'est pas uniquement pour m'annoncer cela que vous êtes venu jusqu'ici.

— Pardon, monsieur, c'est uniquement pour cela.

Pierre essaya de railler.

— J'apprécie votre délicatesse.

— Ne plaisantez pas, monsieur, répliqua Fournier, ce qu'il y a de fâcheux dans cette histoire, c'est que ce soit moi le remplaçant. Cet état de choses est de nature à modifier complètement notre situation l'un vis-à-vis de l'autre.

Joachim Fournier sortit de la poche de son veston un mouchoir de fine batiste délicatement parfumé, s'essuya les lèvres, tira ses manchettes, se passa le bout des doigts sur le front, comme pour rassembler ses idées, et posément, se remit à parler.

— Vous vous souvenez peut-être, monsieur, des quelques mots que je vous ai dits, il y a deux mois, au sujet de cette perfection que je me flatte d'avoir atteinte dans l'exercice de ma profession, non pas seulement au point de vue de l'habileté, de la promptitude, de l'énergie, en un mot de toutes les qualités qui peuvent faire un excellent policier? Mon idéal comprend les belles manières, les beaux sentiments... En résumé, mon principe fondamental, en même temps que mon ambition, est d'arriver en toutes circonstances, et quelles que soient les exigences de mon métier, à me comporter toujours en parfait homme du monde et surtout en honnête homme. Eh bien, monsieur, apprenez-moi vous-même quel est le strict devoir d'un honnête homme dans ma situation. Je vous écoute.

— A franchement parler, monsieur, commença Pierre, vos scrupules ne sont-ils pas un peu tardifs?

— Non, monsieur. Si mes scrupules furent, pour ma confusion, lents à m'apparaître, croyez bien que je n'y obéis qu'après les avoir analysés, discutés. Actuellement, il n'y a plus pour moi d'hésitation permise. A mes propres yeux, aux vôtres, à ceux de toute personne qui pourrait juger ma situation, je cesse d'être un honnête homme si je continue à recevoir votre argent, tout en étant l'amant de Mme Rivois. Et je me vois ainsi dans l'obligation douloureuse, mais absolue, de rompre les engagements qui me liaient à vous.

Pierre respira, délivré d'un grand poids. Ainsi, c'était cela! Quelle fumisterie!

Mais l'autre continuait :

— J'ai tenu à vous prévenir, loyalement, et à faire mieux encore : je veux vous laisser, dans la lutte à venir, des chances égales aux miennes. Pour cela, je vous donne ma parole de galant homme que, pendant deux mois à compter de ce jour, je ne m'occuperai pas de vous, que je ne tenterai rien, ni pour, ni contre vous.

— Et ensuite? fit Pierre d'un air hagard, comme si Fournier ce fût exprimé en hébreu.

— Ensuite à la grâce de Dieu!... Profitez donc de cette trêve que je vous accorde, fuyez à nouveau, cachez-vous ailleurs, tâchez de dérouter mes recherches... qui, je vous en préviens aussi, redeviendront obstinées, implacables.

Estimant l'entretien achevé, le policier se leva. Mais, debout, il parla encore, d'une voix grave, émue :

— Et pour finir, monsieur, au nom de la sympathie que j'éprouve pour vous, mais contre laquelle je devrai désormais me défendre, permettez-moi de faire, du fond du cœur des vœux pour que vous puissiez réussir à garder, malgré moi, le bonheur dont vous êtes parfaitement digne.

Pierre s'inclina, comme s'il venait d'écouter une oraison funèbre...

En revenant, vers six heures, Lucienne poussa un petit cri d'étonnement ; en levant les yeux, elle avait vu, sur l'inscription latine gravée dans la pierre, une grosse tache rouge, juste à la place du troisième mot, une tache de peinture, encore toute fraîche...

N'ayant pas rencontré Pierre dans les pièces du rez-de-chaussée, elle monta les marches d'un seul élan, courut à l'atelier.

Pierre, d'un pas saccadé, arpentait la pièce. En quelques mots il mit sa maîtresse au courant de tout : la lettre reçue le matin, la visite du policier. Il résuma l'entretien, en répéta la sinistre conclusion : leur existence bouleversée, leur tranquillité détruite, leur bonheur menacé, et bientôt peut-être perdu sans retour.

Quand il eut tout rapporté, comme Lucienne, sanglotante, brisée, éperdue, semblait l'interroger encore du regard, il ajouta :

— Alors, je suis descendu au jardin avec un tube de couleur que j'ai écrasé sur la devise de la porte, pour effacer ce mot qui nous avait menti... Tu as vu?... Je voulais le remplacer par un autre, qui fût plus exact, le mot de l'orateur de Waterloo, par exemple... Seulement, je ne sais pas assez le latin.

Et le sourire qui lui crispa les lèvres après cette boutade, était plus navrant, plus douloureux, plus désespérant à voir que les larmes silencieuses, intarissables de Lucienne.

## *DEUXIEME PARTIE*

## LE REVENANT

### I

### LE CENACLE DE LA RUE CUSTINE

Voyons, mon ami, ferme donc la fenêtre. Il pleut sur le tapis !

— Mais je n'y verrai plus rien du tout, si je ferme.

— C'est donc si intéressant que ça, ton bouquin?

— Euh! Euh! C'est un livre qui va bien avec ce temps de pluie... Ça parle des superstitions populaires, des animaux diaboliques et maléfiques, tels que le crapaud, le chat, la vipère.

— Et après ça tu passeras une mauvaise nuit, à cause de toutes ces histoires de concierge adonnée au marc de café.

— Il me semble pourtant que la lecture de quelques histoires à dormir debout devrait être une excellente préparation pour dormir couché !

La jeune femme, assise au coin de la cheminée, perdit patience.

— Eh bien! m'entends-tu?... Il y a déjà une petite mare au pied de la fenêtre.

L'interpellé leva les yeux, regarda sa compagne, regarda ensuite la mare en question, et haussa les épaules.

— Tu appelles ça une mare, toi? Il n'y a même pas de quoi y mettre des poissons rouges.

Cependant M. Pierlu ferma son bouquin, après quoi il étouffa un bâillement, jeta un coup d'œil ennuyé vers les marronniers qui bruissaient sous l'ondée, et, en soupirant, ferma la fenêtre. Il se rapprochait déjà de sa compagne, quand un tintement de sonnette, à la porte du jardin, le fit tressaillir :

— Qui peut bien venir à cette heure?

Ce fut la bonne qui le renseigna, deux minutes plus tard :

— C'est une espèce d'individu qui dit qu'il veut parler à Monsieur pour de l'argent que Monsieur a perdu.

Lucienne questionna Pierre :

— Tu as donc perdu de l'argent? Je n'en savais rien.

— Moi non plus.

— Alors, qu'est-ce que cela signifie?

— Il m'intrigue, ce bonhomme-là! En tout cas, il faut qu'il en ait une santé pour me rapporter, par un temps pareil, de l'argent que je n'ai pas perdu. Mais, dites-moi, Justine, comment est-il cet individu?

— Il est jeune, petit, maigre... Il est habillé comme un camelot, qu'on dirait.

Justine s'était trompée ; cet homme n'avait pas du tout l'air d'un camelot.

Ce qui se remarquait tout de suite en lui, ce qui sautait littéralement aux yeux, c'était son faux col excessivement haut, excessivement brillant, pareil, semblait-il, à un tuyau de poêle en porcelaine, un faux col en celluloïd, qui formait un contraste étrange avec la teinte indéfinissable d'une vieille jaquette étriquée. La figure, jeune, longue, pâle et maigre, s'éclairait d'yeux vagues, des yeux de lunatique, et se couronnait d'une épaisse chevelure sombre, qui cachait à demi les oreilles et recouvrait, par derrière, l'étincelant faux col. Enfin, ce jeune homme portait, comme les rapins et les charpentiers, un pantalon à la hussarde en velours brun. Mais pourquoi tenait-il à la main une petite casquette d'étudiant allemand, rouge vif, à bordure jaune ?

*Ils revenaient de l'incendie tous les quatre* (p. 21).

Somme toute, l'ensemble pittoresque, bien que minable, délabré, et surtout cet air d'effarement, de timidité comique et naïve, tout cela attirait plutôt la sympathie avec la curiosité. Et comme ce singulier visiteur ne bougeait pas, ne soufflait mot, M. Pierlu, ex-Rivois, d'une voix affable l'interrogea :

— Eh bien, mon ami, que désirez-vous ? Vous êtes venu me rapporter de l'argent, paraît-il.

— Madame, monsieur, je vous demanderai tout d'abord de me pardonner, car j'ai eu recours, pour parvenir auprès de vous, à un moyen... comment dirais-je ?... un moyen de comédie.

Quelle de drôle de voix il avait, ce gringalet, une voix pointue, discordante, une voix de rouet mal graissé, et il parlait lentement, sans gestes, avec une sorte d'emphase.

L'étrange visiteur reprit :

— Quand vous connaîtrez les circonstances et le but de ma visite, vous n'hésiterez pas, je l'espère, à m'accorder généreusement toute votre indulgence, et même l'absolution.

— Voire l'extrême-onction, promit Pierre.

Les yeux du gringalet brillèrent soudain, sa voix monotone se fit joyeuse :

— Ah ! oui. Vous avez dit le mot, monsieur.

— Mais, nous vous laissons là debout ! s'écria Lucienne, asseyez-vous donc, monsieur, je vous en prie !

— Ah ! bien volontiers, madame, je vous remercie... Ce n'est pas que je sois fatigué, mais quand il faut que je parle debout je ne sais plus... Je veux faire des phrases, employer des grands mots, des métaphores, des symboles... Et, franchement, le symbolisme a fait son temps, n'est-ce pas ? comme dit mon ami Alcide Caristoche.

— Alcide Caristoche, interrompit Pierre. Il me semble que je connais ça... N'est-ce pas un cubiste ?

— Non, monsieur, c'est un poète, et aussi un philosophe, un grand philosophe méconnu qui prêche le retour à la simplicité, à la sincérité, à la bonté... On l'a tourné en ridicule. On s'est moqué de lui parce qu'il ne va pas au café... Tenez, il y a trois ans, nous avions fondé une petite revue : *L'Angelus*...

— *L'Angelus* ? interrompit encore une fois M. Pierlu. Je me souviens vaguement... Il me semble que j'ai lu là-dedans des vers signés Alcide Caristoche... Oui, oui, ça me revient, des vers doux et limpides... Ce n'était pas mal.

— C'était génial, monsieur !... Malheureusement, *L'Angelus* n'a paru que pendant six mois. Alcide Caristoche y avait mis tout ce qui lui restait d'argent et ses suprêmes espérances, ses plus beaux rêves.

— Et il a dû déménager à l'*Angelus* de bois...

— Oh ! mon ami, protesta doucement Lucienne, tu n'est pas charitable !

— Enfin *L'Angelus* a vécu, reprit le visiteur, mais le *Cénacle* est encore debout.

— Le *Cénacle*?

— Vous ne connaissez pas le *Cénacle*, le *Cénacle* de la rue Custine?... C'est la grande pensée de Caristoche, c'est le phalanstère des Arts. Il a groupé des poètes, des musiciens, des peintres... Là, encore, les fonds ont manqué, les bonnes volontés se sont émoussées, les meilleurs d'entre nous se sont dispersés... Mais, moi, madame et monsieur, moi, je reste fidèle au poste... Oh! c'est tout naturel... Je fais ça pour Alcide Caristoche, qui ne mérite pas de voir s'anéantir son œuvre, et à qui je peux être très utile, car, voyez-vous, monsieur, je ne suis pas seulement poète... Je suis un artiste complet : musicien, peintre, sculpteur, architecte, graveur, etc.

— Mes compliments! Vous pourriez fonder une académie à vous seul...

— Je suis même devenu artiste lyrique et dramatique... J'ai fait un peu de figuration.

— Toute la lyre, quoi!

— Hélas, sans la tirelire! Mais j'ai pu remplacer successivement, au fur et à mesure qu'ils disparaissaient, le dernier musicien, le dernier peintre, le dernier sculpteur... N'empêche que le *Cénacle* est fichu, maintenant. Et voilà pourquoi, tout à l'heure, le mot d'extrême-onction m'a paru si juste!... Actuellement, au *Cénacle*, nous ne sommes plus que nous deux, Caristoche et moi... Il y a bien aussi Pétoche, qui vient quelquefois passer la soirée avec nous... mais il ne compte pas, c'est pas un artiste : il est garçon plombier... Un brave type, d'ailleurs, un cœur d'or. Il nous prête parfois des sous... Mais cela n'arrive pas à remonter le moral à Caristoche... Allez, allez, ça n'est pas d'aujourd'hui qu'il parle de se suicider.

M. Pierlu-Rivols, à qui le mot de suicide rappelait de vieux souvenirs, soupira :

— Le pauvre diable!

— Seulement voilà, continua le gringalet. Il lui vient de drôles d'idées, pour un poète. C'est ainsi qu'il regrette de mourir sans avoir connu la grande vie, la haute noce, les restaurants chics, les poules de luxe... Il n'a jamais bouffé que du pain sec, et encore pas tous les jours... Et c'est pourquoi je me suis dit : « Mon ami, il faut que tu découvres une personne généreuse qui nous aiderait un peu au nom de l'Art, et qui permettrait au *Cénacle* de mourir en beauté, puisqu'il faut qu'il meure. »

— Si je comprends bien, fit Pierre, vous êtes le chevalier tapeur et sans reproche... Mais comment se fait-il que vous vous adressiez à moi, qui suis nouveau dans le quartier et qui ne fréquente personne?

— C'est notre ami Pétoche qui m'a donné votre adresse. Pétoche, vous savez, le plombier... Il a travaillé chez vous, il y a quinze jours... quelques bricoles à réparer... Il n'en a pas l'air, Pétoche, mais il est très observateur... Alors, il nous avait raconté que vous faisiez de la peinture, et que vous aviez l'air, vous et votre dame, d'avoir si bon cœur, et puis, pardonnez-moi de vous répéter cela, que vous deviez avoir des embêtements, vous aussi, des chagrins, des ennuis...

Discrètement, M. Pierlu glissait un billet dans la main du bohème.

— Demain matin, déclara-t-il, j'irai voir Alcide Caristoche. Il faut que je cause avec ce phénomène... Et maintenant, sauvez-vous... C'est bon, c'est bon, vous nous remercierez une autre fois.

Le lendemain, Pierre revint rayonnant de sa visite à Alcide Caristoche.

— Mais qu'as-tu donc, mon Pierrot?... Tes yeux brillent.

Il serra son amie contre lui et l'embrassa longuement.

— Eh bien, Lucienne, petite Lucienne, lui répondit-il, nous sommes sauvés, tu entends? sauvés, et pour toujours. Désormais, nous n'aurons même plus besoin de nous cacher. L'impunité, la liberté, nous sont acquises... Inutile de nous faire des têtes d'Anglais ou de croque-mort, d'institutrice rigide ou de marchande à la toilette!... Le beau soleil va luire pour notre résurrection à la vie des honnêtes gens.

— Comment?... Que dis-tu là, Pierrot? Est-ce que par hasard Fournier reviendrait sur ses dernières décisions?... Est-ce que la femme consentirait au divorce?

Plus bas, elle ajouta :

— Serait-elle morte?

— Non, fit Pierre Rivols-Pierlu, elle n'est pas morte! Et elle n'a renoncé à aucun de ses projets, que je sache... Mais, bientôt, c'est moi qui serai mort!

— Je t'en conjure, chéri, mon chéri, ne plaisante pas sur un tel sujet! supplia tendrement Lucienne Museray, déjà tout alarmée.

— Mais je ne plaisante pas, ma Lucienne. C'est très sérieux, et je te répète : bientôt, c'est moi qui serai mort. Je me suiciderai.

— Mais c'est épouvantable ce que tu me dis là... Et tu viens m'apporter cela comme une bonne nouvelle!... Ah! mon Dieu! mon Dieu!...

Toute secouée de sanglots, elle s'affala sur un fauteuil.

Pierre Rivols ne s'attendait pas à ce que sa plaisanterie produisît tant d'effet. Navré, il s'agenouilla aux pieds de sa maîtresse.

— Lucienne, ma petite Lulu, pardonne-moi, je ne voulais pas te faire de la peine... C'est pour rire. Regarde-moi... Laisse-moi sécher tes chers yeux adorés... Là, là, c'est fini... Dis-moi que tu me pardonnes, Lulu...

Il posait sur ses paupières de petits baisers furtifs et câlins.

— Écoute, Lulu, je vais te dire comment j'ai trouvé un moyen de tout arranger, en mettant fin à cette existence.

— Encore! cria Lucienne. Tu me parles encore de cela?

Alors, n'y tenant plus, Pierre éclata de rire. C'était tellement drôle, au fond, ce quiproquo, et Lucienne s'amuserait tant, quand elle saurait...

— Je t'en prie, dit-il, laisse-moi achever... Tu vas voir, c'est très folichon... Attention! Tu te tiens bien?

— Je t'en supplie, parle...

— Je disais donc qu'il m'était apparu un moyen infaillible de mettre fin à cette existence d'alarmes et de menaces que nous traversons. Or, ce moyen, je l'ai déniché tout à l'heure, en causant avec Alcide Caristoche.

— Tu n'as pas confié notre secret au toqué du « Cénacle », j'espère?

— Non, tranquillise-toi! Je me suis borné à écouter le récit de ses luttes, de ses misères, à le laisser me faire part de ses idées de suicide. Sur ce chapitre-là, il est merveilleux! Remonté, il ne s'arrête plus. Il trouve des mots éblouissants pour revêtir la mort des plus beaux atours. Elle est le salut, la délivrance, la déesse noire; il en parle comme un autre de la femme aimée. Il ne pense qu'à elle, ne palpite que pour l'encenser.

— Charmant! Tu me feras plaisir en ne l'invitant jamais à dîner, cet humoriste-là.

— N'empêche que moi aussi, et il n'y a pas si longtemps, j'ai songé au suicide... Il est évident que cela devait créer un lien entre nous, éveiller une sympathie de plus. Tu sais, il est délicieux, ce garçon... Une âme, une intelligence!...

— Une façon de voir la vie en noir et la mort en rose.

— Ma foi oui, c'est à peu près ça. Cependant, si indifférent qu'il soit devant la mort, Alcide Caristoche est retenu par le regret d'un tas de bonnes choses qu'il n'a pas connues. Après tout, c'est logique, ce sentiment chez un poète... « Tenez, monsieur, me disait-il, je n'en demanderais pas beaucoup. Seulement six mois, six mois de plaisirs et d'ivresse. La revanche de la chair sur l'idéal brisé, quoi! Après, bonsoir! Ah! avec quelle joie je ferais le saut, le saut en beauté dans ce fameux au-delà qui effare les âmes débiles... Mais, voilà! A moins d'un miracle, ma mort ne sera guère parfumée. Je vais trépasser dans mon galetas, à ce sixième étage sur une cour où fleurent les poubelles, où s'ouvrent les cuisines de je ne sais combien de ménages de prolétaires, conscients peut-être, mais si peu raffinés! Croyez-moi, monsieur, mourir ainsi, c'est mourir deux fois!... » Alors, ma Lucienne, une idée m'est venue, merveilleuse, fulgurante, tellement inouïe que j'osais à peine la formuler tout d'abord, et qu'il m'a fallu bien des précautions oratoires, des tours et des détours, des diplomaties à rendre jaloux notre ami Joachim Fournier, avant que fût conclu l'arrangement qui va faire au moins trois heureux : Alcide Caristoche et nous deux!

— Je ne comprends pas bien, avoua Lucienne, assez anxieuse.

— C'est pourtant bien simple, lui expliqua Pierre : il a été convenu que, pendant six mois, je procurerai à Alcide Caristoche les facilités pécuniaires et les conseils de mon expérience pour réaliser son rêve de plaisir à outrance... En échange de quoi, les six mois écoulés, il me procurera, lui, une mort à la fois fictive et réelle, une mort de tout repos.

— Ce qui veut dire?...

— Ce qui veut dire que, puisqu'il veut mourir, il se suicidera mais en portant sur lui mes papiers à moi, Pierre Rivois. Est-ce que je n'avais pas raison, tout à l'heure, de dire que nous étions sauvés?

Mme Muzeray réfléchit une minute.

— S'il ne se tuait pas, ce pauvre garçon? formula-t-elle ensuite.

Pierre tenta de la convaincre :

— D'abord, c'est un honnête homme! Et puis, ne penses-tu pas que la vie le dégoûtera encore plus quand il aura épuisé la coupe de ce que nous appelons des plaisirs, quand il saura combien c'est sinistre de faire la noce et lugubre de s'amuser sur commande?... D'ailleurs, termina-t-il, il va s'engager par écrit sur papier timbré.

## II

### Joyeux fêtards

OHÉ! Ohé! Faut qu'on rigole!

— Non! Ce que tu deviens barbe avec ton boniment!

— On n'a donc plus le droit d'avoir une opinion, maintenant? grommela la petite blonde qui, à l'*Impérial-Bar*, venait de proclamer avec véhémence son besoin de s'amuser.

Elle ajouta :

— Et puis, tiens, j'aime mieux filer... On ne se croirait jamais à Montmartre, ici!

Une voix répondit, une voix d'homme, un peu chantante et traînante, une voix de paysan plutôt que de Parisien.

— Alors, tu t'en vas, comme ça, sans me dire bonjour?

La petite blonde eut un mouvement joyeux en apercevant son interlocuteur, seul à une table, dans un petit recoin à gauche de l'escalier.

La main tendue, elle s'avança vers cet homme au teint hâlé, au front immense, bombé, aux yeux surprenants, scintillants au point d'illuminer l'insignifiante physionomie.

— Ah! te v'là, toi! Ça boulotte?... Tu es seul? Ton aminche n'est pas là, ni sa poule?

— Ils viendront tout à l'heure... Tu ne t'assieds pas un moment?

— Si, parce que c'est toi. Tu ne trouves pas qu'on se rasa dans cette boîte et qu'ils ont tous des bobines de figurants à la morgue aujourd'hui?... Auguste, un ballon blonde!

— Poupée divine, tu sais bien que je suis choqué lorsque tes lèvres, d'une forme si ingénue, tes lèvres d'infante, profèrent des termes de brasserie.

— Toi, d'abord, t'es louf... Faudrait-il que je dise : Auguste, un aéroplane blonde?

Les yeux de l'homme souriaient dans un nuage de fumée. La salle, presque morte tout à l'heure, parce que trop de femmes s'y trouvaient seules, s'animait. Les clients arrivaient, parmi l'empressement, l'affairement des garçons et des maîtres d'hôtel. La nuit de Montmartre, petit à petit s'exaltait.

— Enfin, s'écria la petite femme agressive, voilà que ça commence à rappliquer! On va pouvoir rigoler tout de même.

C'était l'heure de la sortie des théâtres et des music-halls, l'heure du souper. Les femmes, assises, près de l'estrade des tziganes, se levaient, encore indolentes, s'étiraient, se miraient... Allons! un peu de poudre sur les joues, un peu de rouge aux lèvres, une petite tape aux cheveux, une fleur au corsage, un sourire, une provocation, une caresse dans le regard... Et, lentement, l'une après l'autre, elles entraient dans la ronde... Elles allaient et venaient, circulaient, entre les tables, guignant les hommes seuls, s'arrêtant parfois, repartant, s'arrêtant encore, les mains à plat sur la table, le torse incliné, les reins cambrés, enjouées ou maniérées, langoureuses, nerveuses, mais toutes mues par une même volonté de séduire.

La fillette aux boucles blondes et son compagnon pensif sursautèrent de s'entendre interpeller :

— Eh bien! Caristoche, à quoi rêvons-nous?

La voix joyeuse et un peu moqueuse continuait :

— Car, il n'y a pas moyen de dire le contraire : vous rêviez, pour de bon, et la petite Zézette aussi... Méfiez-vous, Zézette, il est contagieux, notre ami Caristoche, et vous allez devenir poète, à côté de lui... Allons, allons, secouez-vous un peu, que diable!

Les boucles blondes de Zézette s'agitèrent énergiquement, tandis qu'un rire léger fusait entre ses lèvres.

— Ohé! Ohé! Faut qu'on rigole, Caristoche!

Sans façons, elle tendait la main à Pierre Rivois et à Lucienne, tandis que le poète, plus lent à se ressaisir, essayait d'expliquer :

— Ah! vous m'excuserez. C'est la faute aux tziganes. Aussi, quelle idée ils ont eu de jouer cette espèce de marche funèbre!

Lucienne et Pierre évitèrent de se regarder. Les paroles de Caristoche venaient d'éteindre toute joie en eux...

Aussitôt le pacte conclu avec Alcide Caristoche, ils avaient quitté la rue Norvins. Aujourd'hui, la maisonnette close connaissait un repos plus complet encore que celui promis par l'inscription latine. Cependant, toutes choses étaient demeurées en place. Pourquoi disperser cette installation qu'il serait sans doute impossible de reconstituer ailleurs? Et puis, si leur bonheur devait refleurir, Pierre et Lucienne ne seraient-ils pas heureux de retrouver, dans l'abri conservé intact, l'empreinte et le parfum des beaux jours?

Le hasard d'une annonce leur ayant remis en mémoire le conseil de Joachim Fournier : « C'est dans les endroits les plus fréquentés qu'on se cache le mieux », ils avaient loué, rue Saint-Lazare, un appartement meublé. C'était banal comme campement, mais ils n'étaient plus à s'intéresser à des soucis de détail. Qu'importait désormais le décor dans lequel ils évolueraient? Leur existence actuelle était si déconcertante! Ils se levaient vers midi, attendaient le crépuscule pour s'habiller, usaient les heures dans une apathie de malades, faisaient semblant de lire pour trouver un prétexte pour ne pas parler, rêvassaient, fumaient, s'ennuyaient, sans autre diversion que, parfois, de brèves discussions pour des motifs futiles, qu'ils regrettaient aussitôt. Et ces querelles leur faisaient entrevoir vers quel abîme, insensiblement, leur bel amour confiant et clair de jadis était entraîné par une force obscure, inexorable.

Toutefois, à la clarté des lampes, ils s'imaginaient revivre. Alors ils s'habillaient, dînaient sur le pouce, sortaient avec des précautions inouïes et ils rejoignaient Alcide Caristoche. Jusqu'à l'aube, c'était la randonnée turbulente à travers les établissements de plaisir, les lumières, les couleurs, les musiques banales.

Vu à travers une griserie propice, tout ce bariolage outrancier endormait leurs soucis, libérait leur gaîté. Musics-halls, boîtes de nuit, cabarets élégants, brasseries d'étudiants, Montmartre et les boulevards, les Halles et le Quartier Latin, il fallait bien que Caristoche connût le tout, il fallait bien qu'il pût s'amuser, se délecter tout à son aise, puisqu'il allait mourir pour eux. Et lorsqu'ils se retrouvaient chez eux, au petit jour, la fatigue les assommait.

Ce matin-là, plutôt que de s'endormir, ils allaient et venaient à travers la chambre où les épais rideaux tirés perpétuaient la nuit. L'unique lampe électrique, voilée de gaze bleue, donnait à Lucienne, en peignoir tango, et à Pierre, en pyjama héliothrope, des apparences funambulesques.

Tout à coup, Pierre parla :

— As-tu remarqué combien Alcide paraissait lugubre, cete nuit ? A quoi pouvait-il bien penser ?

— Tu le sais aussi bien que moi, répondit Lucienne dans un soupir.

— Trois mois !... Dire que dans trois mois, murmura Pierre.

— Hélas !

— Au fond, nous ne savons pas si Caristoche regrette ou ne regrette pas la vie... Il ne la regrettait pas... Il la regrette peut-être, maintenant, qu'il en connaît la douceur.

— La douceur ! Tu exagères... Faire la noce, tous les jours, c'est drôle pendant quelques semaines. Ensuite ça devient fastidieux, écœurant... Nous condamnons ce pauvre Caristoche aux galères du plaisir, à la flemme forcée. Il en est arrivé à boire du champagne comme on casse des cailloux, comme on tresse des chaussons de lisière.

— Alors, objecta Pierre Rivois, enchanté de se trouver un soulagement, qui nous prouve que sa neurasthénie est due à la hantise de sa mort prochaine, mort désirée, appelée, convoitée, acceptée..., acceptée sur papier timbré, tu entends, sur papier timbré à l'effigie de la République..., qui nous prouve que sa mélancolie ne vient pas plutôt du dégoût que lui inspire sa nouvelle existence ?

— En tout cas, ce qui est certain, riposta Lucienne, c'est notre propre inquiétude. Les sentiments que nous prêtons à Caristoche, ces regrets, ces tristesses, c'est nous-mêmes qui les éprouvons. Oui, nous nous sentons coupables envers lui, nous regrettons de l'avoir entraîné dans notre aventure. Nous n'avons pas assez froidement regardé l'avenir lorsque nous avons accepté qu'il nous fasse le sacrifice de sa vie... Allons, avoue-le, Pierre, nous avons du remords.

Rivois baissa la tête comme un coupable.

Lucienne reprit :

— La vie de cet homme vaut peut-être mieux que notre repos, que notre bonheur, auxquels nous allons l'immoler... Quelle est exactement la responsabilité que nous assumons ?

Pierre s'emporta :

— Mais sapristi, ma chère Lucienne, puisqu'il voulait se suicider, autant que son suicide serve à quelque chose. Après tout, ce n'est pas moi qui l'ai poussé à prendre une telle décision ! Il n'a qu'à savoir ce qu'il veut. Pour nous, je ne le répéterai jamais assez, ce sera seulement de la minute où je serai mort légalement que Blanche nous fichera la paix. Ah ! le jour où je la verrai suivre mon enterrement !... Ce jour-là...

— Elle t'offrira une belle couronne... A moins que...

— Que quoi ?

— Qu'elle n'y croit pas, à ta mort ! Avec son esprit de contradiction... Enfin, à l'heure actuelle, il est trop tard. Nous sommes pris dans un engrenage, nous n'échapperons pas à cette aventure. Alors, cessons de nous troubler l'esprit.

— Tu vois bien que tu n'es pas tranquille.

— Ecoute, tu ne sais pas, Caristoche...

— Eh bien ! Parle !

— On va être encore plus gentils pour lui. Champagne à discrétion, un bourgogne authentique et des truffes comme s'il en pleuvait. Il n'aura toujours pas le temps d'attraper une gastralgie... Tiens, l'autre jour, il m'a dit qu'il aurait volontiers passé quelques minutes avec la belle Cigaro, la fameuse danseuse espagnole... Seulement, c'est plus cher qu'au téléphone.

— Combien?

— Cent louis ! Dame, elle est étrangère, et les conversations avec l'étranger, c'est toujours plus cher.

— Eh bien ! il faut lui passer cette fantaisie ! S'il doit nous rester des regrets et des remords, ayons du moins la consolation d'avoir mis tout en œuvre pour satisfaire les désirs de ce malheureux. Qu'il trépasse gorgé de bonheur, qu'il ne se suicide qu'après avoir bu à toutes les coupes, goûté à tous les baisers... Et après ça, s'il rouspétait encore, conclut Pierre, c'est donc qu'il ne serait pas intéressant.

## III

### LES AFFAIRES SONT LES AFFAIRES

Tandis que Pierre Rivois et Lucienne Muzeray se livraient à des examens de conscience qui étaient loin d'apaiser leur crainte des responsabilités, Alcide Caristoche continuait à jouer au fêtard infatigable et intrépide. Au sortir de l'orgie quotidienne il prenait à peine le temps de dormir, se levait en hâte, dans la matinée faisait du sport et de l'hydrothérapie par manière de distraction. L'après-midi, seul, ou en compagnie de Zézette, il parcourait la ville, en voiture ou à pied, selon le temps.

— Je fais mes adieux à la capitale, expliquait-il, je porte aux lieux que j'ai aimés mes lettres de faire-part

Il ramenait de ces promenades une foule d'observations pittoresques.

— C'est curieux, disait-il une nuit, comme ils s'attablaient pour souper, c'est curieux : autrefois, quand j'allais explorer Paris, j'y trouvais surtout de la tristesse, comme dans cette lithographie de Gavarni : beaucoup d'individus déguisés en « un qui s'embête à mort ». C'était sans cesse le défilé des gens qui se chatouillent pour se faire rire. Je ne voyais que de la douleur, de la misère, l'expression, complexe et variable de la fatalité de l'impuissance, de l'ennui, de la vanité, de la bêtise.

— Tandis qu'aujourd'hui ? questionnait Rivois

— Aujourd'hui, tout m'apparaît transformé, même les rues pauvres ont un air de fête, les maisons semblent rire de tous leurs yeux en fenêtres, de toutes leurs bouches en portes cochères.

Il en était à énumérer ses observations quand une femme fit irruption en criant :

— Il y a le feu place Clichy... Et ça flambe ! ça flambe !

A cette annonce, les tziganes du cabatret interrompirent leur rapsodie. De toutes parts des exclamations s'élevèrent. Il y eut un tumulte confus de questions, de chaises remuées. La femme, à une table voisine de celle de Rivois donnait des détails :

— C'est à l'épicerie qui fait le coin du boulevard, vous savez bien... Le feu a dû couver toute la soirée dans les sous-sols. Tout d'un coup, ça a éclaté. Ah ! oui, faut voir comme ça brûle, faut voir ça.

Un homme se leva, écarta les rideaux, ouvrit une fenêtre. On entendit, au loin, les appels précipités, incessants, de cornes de pompiers dominant une vague rumeur de foule.

Pierre Rivois proposa :

— On y va ?

Immédiatement, Lucienne, Caristoche et Zézette furent debout, dans un même élan de curiosité frémissante.

. . . . . . . . . . . . . . . . . . . . . . . . . . . . . . . .

Ils revenaient de l'incendie, tous les quatre, marchant silencieusement sur le terre-plein du boulevard Rochechouart, à quatre heures du matin. La nuit était pure, d'une douceur exceptionnelle. Aucun bruit autour d'eux, aucun passant, presqu'aucune lumière. Après la féerie merveilleuse et poignante du feu, ce calme et cette obscurité semblaient une sorte de repos, de trêve accordée à leur esprit, dans lequel le tragique spectacle avait fait naître des pensées tumultueuses.

Lucienne et Pierre allaient en avant, d'un même pas égal et régulier.

Tout au fond d'eux-mêmes, un calme s'était fait presque subitement, tout à l'heure, tandis que, mêlés à la foule autour de la maison en feu, ils s'absorbaient dans la contemplation muette, horrifiée, de l'incendie. Une voix inconnue, auprès d'eux, avait lancé : « Ah! quelle leçon d'héroïsme ils donnent, ces pompiers! » Pierre avait tressailli, parce que ces mots l'atteignaient au plus vif, lui révélaient brutalement toute sa lâcheté, son coupable égoïsme, la bassesse de ses calculs, parce que ces mots le souffletaient d'un blâme sans pitié, mais l'exhortaient aussi à une plus noble conduite. Oui, oui, il serait fort, il aurait le courage de renoncer au sacrifice de Caristoche; il ne donnerait pas au destin, comme gage de son bonheur, le cadavre d'un homme qui était devenu son ami.

Et Lucienne, elle aussi, avait dû entendre, par delà ce cri de louange et d'admiration, la voix secrète, la voix impérieuse du devoir, puisqu'il avait suffi que Pierre se penchât vers elle et lui dit simplement : « N'est-ce pas, cela vaut mieux?... Il ne faut pas qu'il mesure, pour qu'elle comprît, et, baissant la tête, répondit gravement : « Oui, cela vaut mieux ».

Ainsi, leur parti était pris : ils obéiraient à l'objurgation de leur conscience. Caristoche ne se tuerait pas! La paix qui récompense les bonnes volontés les avaient aussitôt pénétrés d'une indicible béatitude.

— Mais, dites donc! Où que c'est qu'on va, comme ça? s'écria Zézette. Moi, je commence à en avoir marre, de la balade... Aussi, bonsoir!

Un vieux fiacre passa. Elle le héla et jeta son adresse au cocher. Seuls, les trois amis cherchèrent un moyen de finir la nuit.

Caristoche énonça :

— Si nous allions passer une heure chez moi; c'est à deux pas d'ici, rue Custine.

Ils se mirent en route.

La maison du bohème était une vieille bâtisse de six étages, dont l'étroite façade grise faisait une tache lugubre entre deux maisons neuves à bow-windows, balcons de pierre et frontons sculptés. Le vestibule était étroit, d'une humidité de cave, l'escalier raide et obscur. Un air lourd y stagnait, lourd de la vieille misère et de crasse. On entendait, à travers les portes minces et mal closes, des ronflements, des toux, des bruits furtifs, mystérieux.

A grand renfort d'allumettes bougies, le bohème et ses compagnons atteignirent enfin le sixième étage. Au-dessus de l'étroit palier, on voyait, par un petit châssis qui s'ouvrait dans la déclivité du toit, luire quelques étoiles attardées.

— Pardon, si vous voulez bien, j'entrerai le premier pour allumer la lampe, dit Caristoche.

A sa suite, Pierre et Lucienne pénétrèrent dans une grande chambre, lambrissée et basse de plafond. Debout, une grosse lampe de cuivre à la main, le bohème bonimentait, sur le ton nasillard d'un gardien de musée :

— Messieurs et dames, donnez-vous la peine d'entrer... Nous allons avoir l'honneur de vous faire visiter ces splendides appartements... Voici le salon, orné de tableaux de maîtres et de tapisseries des Gobelins en marbre de Carrare. Voici la chambre à coucher où Napoléon a passé la nuit avec Agnès Sorel, à la veille de la bataille de Bouvines. Vous remarquerez un admirable dessus de lit Henri II, en marbre de Carrare également. Voici le cabinet de toilette, avec la baignoire de cristal et les robinets en papier buvard nickelé, un des chefs-d'œuvre de la ciselure française. Voici la salle à manger, ornée d'une table de dix-sept pieds, en marbre de Carrare toujours, sur laquelle a été signé le fameux traité de Westphalie. Cette chaise que vous voyez sous cette vitrine, c'est celle sur laquelle Bélisaire s'est assis pour parapher les papyrus... N'oubliez pas mon petit bénéfice, s'il vous plaît.

Il avait successivement désigné le petit lit de fer, ses draps et ses couvertures en désordre; à côté, la table de toilette et sa garniture ébréchée; l'armoire de bois jadis blanc, la table sur laquelle traînaient quelques assiettes, des bols et des verres; quatre chaises dépaillées ou boiteuses, ou veuves de leurs dossiers ou de leurs échelons, encombrées de vêtements, de linge jeté au hasard, pêle-mêle avec des journaux dépliés, enfin, dans un coin, près d'une fenêtre, une autre table, plus large, recouverte d'un tapis bleu, supportant des bouquins, des paperasses, un encrier, des plumes; au-dessus de cette table, deux rayons de livres, et des livres encore sur un petit bahut noir; aux murs, quelques gravures non encadrées.

Pour terminer son énumération, Caristoche déclara avec orgueil :

— Et j'ai le chauffage central, car il est central, mathématiquement, à un millimètre près!

En effet, une cloche, dont le tuyau rouillé montait tout droit vers un trou du plafond, occupait le milieu de la pièce.

Silencieux, avec un sourire un peu triste, Lucienne et Pierre regardaient. Rivois, connaissait déjà le délabrement de cet intérieur : il y était venu cinq mois auparavant. Mais il s'étonnait de trouver plus de poussière, plus de désordre qu'autrefois, d'y ressentir une plus pénible impression de détresse, de dégoût, d'abandon.

— Franchement, Caristoche, dit-il, je ne comprends pas que vous ayez gardé ce logement, ou que vous ne l'ayez pas, tout au moins, fait nettoyer et meubler plus confortablement.

Le bohème, surpris de l'observation, eut un geste vague :

— Je n'y ai même pas songé... Cela a si peu d'importance!

— Caristoche, reprit Pierre, voulez-vous me faire un plaisir?... Eh bien, quittez ce taudis. Je vous dénicherai un joli petit logement, clair propre, agréable, bien installé.

— Pourquoi faire?

— Mais pour vivre dans un décor plus conforme à votre nouvelle existence, pour rêver, pour travailler aussi.

Le fondateur du « Cénacle » haussa les épaules.

— Travailler, rêver... Maintenant?

— Oh! je comprends ce que vous voulez dire... Mais je crois que vous avez tort de renoncer...

— Moi, je renonce! Qu'est-ce qu'il vous faut? Je mène une vie de bâton de chaise, malgré que les [illegible] ne soient dépouillées. Et ceci me console de cela.

— Mon ami, dit Pierre, laissez-moi vous expliquer. Vous [illegible] tout ainsi que nous nous les quittons. Vous n'êtes sans doute pas [illegible] dans vous apercevoir de ce que mes sentiments à votre égard, jour par jour, sont devenus. J'en suis [illegible] arrivé à ne plus voir en vous qu'un ami très cher, très précieux. Et je serais si heureux de vous aider à [illegible] pour vous assurer une plus belle existence, que, pour cela, je n'hésiterais pas à rompre notre contrat, ou plutôt à en reculer le terme, longtemps, longtemps... N'est-ce pas Lucienne, que cela nous rendrait heureux?

En écoutant ces paroles, Caristoche cachait à [illegible] sa surprise et son émotion.

— Oh! que vous êtes bons, tous les deux, murmura-t-il. Et comme je vous remercie! Non seulement vous m'avez procuré l'accès de ce monde de plaisir que je souhaitais si vivement connaître, mais vous voudriez encore... Eh bien! non! cela n'est pas possible. Je ne puis y consentir. Je n'ai pas le droit d'abuser de votre générosité. Ce serait une trahison... J'ai donné ma parole, j'ai signé, et même sur papier timbré.

— Le papier timbré, nous nous en moquons!

— Mais vous ne vous doutez donc pas, ma chère Lucienne, de ce que va être notre existence à nous, quand vous serez parti, de ce qu'elle est déjà, depuis des mois, dans l'appréhension de ce jour fatal. Quels remords nous harcèlent, si vous saviez!

— Des remords! Pourquoi, grands dieux!

Caristoche s'était levé et, à grands pas, arpentait la chambre. Il ne s'attendait guère à une scène pareille. Les sentiments de Pierre Rivols lui semblaient avoir quelque chose d'outré, de choquant, [illegible].

Enfin, s'arrêtant devant Pierre, il lui frappa sur l'épaule.

— Allons, mon ami, écoutez-moi et ne vous laissez pas abattre!... Soyez un homme, que diable! Regardez les choses en face, froidement, raisonnablement! Tout ce que vous venez de me dire, c'est très beau, mais vous exagérez.

— Oh! gémit Lucienne, il ne veut pas croire!

— Mais si, chère madame, [illegible] je [illegible]. Dans tout cela, voyez-vous, je suis le [illegible]. C'est-à-dire que, si je n'avais pas cherché à vous être un compagnon agréable, un ami, ce qui n'était pas mon rôle, si je ne m'étais pas imposé sans discrétion, vous vous [illegible] certainement moins. Il ne faut pas lui donner plus de valeur que [illegible]. La vérité, c'est que vous êtes [illegible] pour quelques autres raisons. Revienne le calme, une vie moins [illegible] et vous oublierez vos remords. Vous êtes jeunes, vous avez toutes les chances possibles pour être heureux un jour. C'est un mauvais moment à passer, voilà tout.

— Caristoche, dit Rivols, vous ignorez pourquoi nous avons accepté jadis de conclure ce pacte avec vous... Il facilitait si merveilleusement nos projets toujours contrecarrés. Eh bien! aujourd'hui, je n'espère plus. Il me semble que nous n'arriverons jamais à fixer le bonheur auprès de nous. Il me semble que nos ennemis sauront déjouer toutes nos ruses, que votre mort ne nous servira pas. D'ailleurs, je ne sais ce qui me [illegible] par moments, de renoncer à cette lutte, de [illegible] vaincu, de [illegible]... Ainsi, vous n'auriez plus besoin de mourir, mon ami...

— Pour vous, peut-être, répondit Alcide Caristoche, qui commençait à s'impatienter. Mais si je veux mourir tout de même, moi, pour le plaisir! [illegible], [illegible].

— [illegible], ne [illegible] pas, ce serait [illegible] plus de [illegible] vous-même... Rêve [illegible] sur votre parole!...

— Le bonheur s'en allait...

— Eh bien, non, je n'y reviendrai pas... Je suis un de ces hommes qui tiennent leurs engagements jusqu'au bout. Et je vous avais juré de vous [illegible] je vous tiendrais, comme un [illegible]. Je vous ai promis de me suicider, je me suiciderai, comme un [illegible]. Et je ne vous en poserai pas! je ne veux pas me déshonorer.

Ce fut net, catégorique, implacable.

## IV

### [illegible]

Joachim Fournier, détective mondain, franchit nonchalamment le guichet de la rue de Rivoli et déboucha, place du Carrousel, au moment où cinq heures sonnaient à l'horloge du Louvre.

On était au début de mars. La journée avait été belle et, sous les dernières clartés roses du crépuscule, les globes électriques des grands lampadaires de la place prenaient des teintes blanchâtres et laiteuses. Cette suprême lumière rehaussait encore la splendeur du [illegible] de Paris.

Mais Joachim Fournier passait, indifférent, devant l'ordonnance majestueuse [illegible] des pavillons du Louvre. A peine effleurait-il d'un regard distrait le petit arc de triomphe aux colonnes de marbre rose, par-dessus lequel, noyés d'ombre, [illegible] s'allongeaient les jardins de [illegible]. Joachim Fournier, ce soir-là, n'avait [illegible] l'âme poétique. Tout à l'heure, ne sachant que faire chez lui, il avait eu la curiosité de revoir ses comptes, d'établir son bilan, de calculer ses gains d'une année. Déplorable constatation : il en était au même point qu'un an auparavant, sans un centime de bénéfice. Pourtant, il avait mené à bien quelques belles opérations, mais il y avait cette affaire Rivols qui avait tout compromis.

— Surtout depuis que j'ai fait la bêtise de me séparer de ce vieux Bénivet, soliloquait-il comme il arrivait sur le quai. Et c'est encore à cause des Rivols que je l'ai faite, cette bêtise-là!

Il était temps de prendre une décision. Cette situation ne pouvait plus durer. Il n'en retirait ni gloire, ni plaisirs, ni profits. Une idée, lorsque [illegible] la [illegible] au souvenir de l'ancien collaborateur.

— Si j'allais le voir, après tout? Il pourrait peut-être me donner un conseil... Justement, il habite à deux pas, rue de Beaune.

Dix minutes plus tard, il sonnait à la porte de son ex-associé.

Pendant quatre ans Bénivet avait été pour Fournier mieux qu'un collaborateur. Malgré les dissemblances de leurs caractères, malgré les divergences de leurs opinions sur bien des sujets, une amitié solide, faite d'estime, de confiance réciproque liait les deux hommes dans un commun amour du métier. La rude franchise et la rondeur de Bénivet s'étaient bien, dans les premiers temps, heurtées aux manières [illegible] et cérémonieuses de Fournier, mais [illegible] à se faire.

Subitement, ils s'étaient séparés après une petite fâcherie à propos de l'affaire Rivols, peu de jours après que Fournier fut revenu de Suisse. Des mots [illegible] avaient été dits, et chacun avait trop d'orgueil pour les rétracter. Ils avaient préféré dissoudre leur association. Toutefois leur amitié demeurait presque entière et Fournier savait bien, en venant chez son ex-collaborateur, avec quelle joie il serait accueilli.

— Je n'irai pas par quatre chemins, dit-il tout de go à Bénivet. Vous savez quelle amitié je vous garde et en quelle estime je tiens vos capacités. C'est dit, si je suis venu vous voir aujourd'hui,

C'est un peu dans l'intention de vous causer de l'affaire Rivois.

Bénivet esquissa une légère grimace.

— Autant qu'il me souvienne, lorsque nous nous sommes séparés, vous reveniez de Suisse, où le couple fugitif vous avait filé entre les doigts. C'est bien cela?

— Oui, depuis lors, cette affaire n'a pas cessé de me passionner. Elle a des côtés bizarres, mystérieux... Ainsi, figurez-vous que Rivois, qui avait gagné pas mal d'argent à faire des portraits, n'a laissé à sa femme, lorsqu'il l'a quittée, que tout juste le montant de sa dot. Quant au reste de la fortune, disparu, envolé!... Et la femme, qui ne se doutait pas du coup, n'a su cela que le jour où, à son retour de Suisse, elle a eu besoin d'aller chercher de l'argent chez son banquier. Ah! mon vieux, si vous aviez assisté à cette tempête!... Le mari parti, c'était déjà fort, mais parti en emportant le magot!... Alors, elle a voulu déposer une plainte contre son mari.

— Impossible, un mari ne vole pas sa femme.

— Oui, juridiquement... Mais qu'est-ce que j'ai dû m'appuyer comme recherches dans toutes les banques possibles et imaginables!

— Où, naturellement, vous n'avez rien trouvé?

— Rien... et pourtant si quelque chose... D'abord, j'ai su comment Rivois s'y était pris pour escamoter sa fortune, et comment il l'avait placée à la Banque Franco-Bruxelloise, sous le nom de Bélugon; ensuite, au Crédit Tunisien, sous un autre nom, d'où elle repartit pour une direction que je n'ai pu encore découvrir.

Bénivet était philosophe, surtout devant le désappointement des autres.

— Au fond, qu'est-ce que ça peut vous faire que le mari ait garé son argent?

— A moi, rien. Mais Mme Rivois, qui avait paru se fatiguer, se désintéresser de l'enquête, a été reprise du plus féroce acharnement à rechercher son mari du jour où elle n'a plus eu que sa fortune personnelle.

— Sans compter que la citoyenne doit vous trouver plutôt cher depuis le temps que vous travaillez pour elle. A moins que vous ne lui ayez consenti un rabais, ce qui m'épaterait de votre part.

— Alors, tenez-vous bien. Je vais vous épater, jusqu'à la gauche... Mme Rivois ne me donne plus un sou, et cela depuis son retour de Suisse.

— C'est donc qu'elle vous payera tout d'un coup quand le mari sera retrouvé?

— Pas davantage... Je ne veux plus rien recevoir d'elle.

— Alors, vous êtes devenu fou.

— Non... je suis devenu son amant.

— Comme je vous reconnais là! s'écria Bénivet. Don Juan entiché des femmes chics! Dommage qu'il n'y ait rien à gagner à ce métier-là!... Ah! ce que je pouvais y voir clair, en vous dissuadant de poursuivre cette affaire Rivois! Au moins vous procure-t-elle les joies ineffables de l'amour?

— Ah! Dieu, non!

— Alors, abandonnez l'affaire et balancez la femme.

— C'est très joli à dire. On voit bien que vous n'avez pas pratiqué cette gaillarde-là!... Ah! mon ami! Quel crampon! Dites-vous bien que, si je m'acharne comme je le fais à la poursuite de Rivois, c'est uniquement à fin de me débarrasser de sa légitime... Quand je pense, d'après ma propre expérience, à ce qu'il a pu endurer pendant ses trois ans de mariage!

Bénivet parut concentrer ses réflexions.

— Il n'est pas possible, avec votre flair, que vous n'ayez pas trouvé quelque indice concernant Rivois... Voyons, racontez-moi ça.

Fournier se laissa aller à plus de confidence.

— Un jour, j'ai découvert la trace des amants, à Montmartre. Trop tard, malheureusement. Ils venaient de s'enfuir, après trois mois de séjour, en retirant l'argent déposé au Crédit Tunisien... Ce dont je suis sûr, par exemple, c'est que si mes oiseaux n'habitent plus Paris, ils ne doivent pas en être loin.

— Le hasard, comme toujours. Une fois, j'ai rencontré les fugitifs. Il est vrai aussi qu'un autre aurait pu se méprendre. Rivois arbore maintenant une splendide moustache et s'habille comme un touriste allemand. Quant à sa maîtresse, elle a plutôt l'air d'une grue. Bien résolu à les filer, je leur emboîtai d'abord le pas. Ensuite je dus, à leur imitation, sauter dans un taxi-auto. Ah ! mon vieux ! quelle promenade ! S'étaient-ils aperçus que je les suivais ? Ou bien était-ce une précaution usuelle ?... Toujours est-il qu'après m'avoir fait exécuter des tours, des détours et des crochets, ils sont arrivés à lasser mon chauffeur qui stoppa pour me déclarer catégoriquement en avoir « marre » de cette poursuite. Et il m'a planté là, seul avec mon déshonneur.

— Et, depuis cette réussite-là ?

— Depuis ça ?... Eh bien, je fouille, j'enquête de tous les côtés, de toutes les manières. Comme résultats, je me fatigue, je perds mon temps et mon argent. Pour comble de malheur, lorsqu'il faudrait me reposer un peu, me distraire de cette hallucinante affaire, Mme Rivois me cajole. Quand elle m'a assez mignonné, elle me cingle de reproches sur l'insuccès de mes recherches et me traite d'idiot. Ah ! si vous croyez que c'est une existence !... Tenez ! j'en ai assez ! j'en ai jusque là, de Rivois, de sa maîtresse, de sa femme et du métier de policier !

— Allons, allons, ne vous frappez pas, fit Bénivet, pacifique. Comme le génie, la police est une longue patience.

Bénivet se tut. Joachim, l'air désespéré, feuilletait, d'une main distraite, un journal illustré qui était sur la table. Tout à coup, il poussa une telle exclamation de surprise que Bénivet sursauta.

— Qu'y a-t-il ? Pourquoi ce cri ?

Fournier, d'un doigt, lui désigna une des images.

— On parle du hasard ! Regardez ça...

— L'incendie de la place Clichy avant-hier... Qu'y voyez-vous d'extraordinaire ?

— Ce que j'y vois ?... Mes fugitifs !... Oui, mes deux fugitifs eux-mêmes... Dans ce coin-là, auprès du bec de gaz, cette femme avec un petit chapeau blanc et ce manteau à grands revers... c'est Lucienne Muzeray !... Derrière elle, voilà Rivois avec sa moustache et ses favoris à l'autrichienne, tel que je l'ai vu l'autre matin sur le boulevard... J'avais raison ! Ils sont à Paris !

Une joie folle inondait Joachim. Il eût, pour un peu, battu des mains, sauté, embrassé son ancien collaborateur. Pourtant, il se contint, prit le journal, le replia soigneusement, le mit dans sa poche.

— Vous permettez que je l'emporte ?... Comme cela, si ce soir, Mme Rivois vient encore m'accabler de larmes, de caresses et d'imprécations, pour la calmer, je pourrai, au moins, lui glisser sous le nez le portrait de son cher époux.

## V

### LES PALMES DU MARTYRE

Un soir, Pierre et Lucienne attendirent vainement Caristoche au lieu ordinaire de leurs rendez-vous. Après la scène qui s'était déroulée entre eux et le poète, il était admissible que celui-ci les boudât quelque peu. La nuit suivante, ils arrivèrent plus tôt... Le cabaret s'emplit de la clientèle ordinaire.

— Quel dommage qu'Alcide ne soit pas là ! fit

Pierre. J'ai rarement vu Montmartre en joie comme ce soir.

— On n'aperçoit pas la petite Zézette, remarqua Lucienne. Déjà, hier, elle n'était pas venue. C'est étrange.

Au petit jour, Zézette parut enfin, mais sans Caristoche. Elle remorquait laborieusement un Anglais gigantesque qui titubait. Ce fut une entrée sensationnelle.

Mais, ayant aperçu Pierre et Lucienne, elle lâcha son insulaire pour s'élancer vers eux.

— Vous allez me dire, vous... Qu'est-ce que c'est que cette histoire de Caristoche.

— Quelle histoire ? questionna Pierre.

— Nous n'avons pas revu Caristoche depuis la nuit de l'incendie de la place Blanche, ajouta Lucienne.

— Comment? Il ne vous a rien dit, rien envoyé? s'étonna Zézette.

— Absolument rien !

D'un mouvement brusque, Zézette approchait une chaise, s'y asseyait, ouvrait son sac.

— Eh bien ! moi, voilà ce que j'ai reçu.

Elle tendit à Lucienne une simple carte de visite, très ancienne sans doute, car le bristol en était jauni.

Pierre, incliné vers sa maîtresse, considérait la carte. Trois lignes imprimées : *« Alcide Caristoche, homme de lettres, directeur-fondateur de l'« Angélus » et du « Cénacle »* ; et, au-dessous, au dessous, au crayon : *P.P.C.*

Pierre et Lucienne, désappointés, interrogèrent Zézette du regard.

— Oui, expliqua celle-ci, voilà ce qu'il m'a envoyé. Comme cela m'intriguait, j'ai couru chez lui... Il faut que je vous dise d'abord qu'il m'avait raconté, il n'y a pas longtemps, qu'il allait entreprendre un grand voyage. Et voilà que sa concierge m'a dit comme ça qu'il était parti avant-hier avec un petit paquet sous le bras. « Je m'absente pour quelques jours, qu'il a dit. Voici ma clef. Et comme la bonne femme insistait pour en savoir plus long : Vous faites pas de bile, qu'il a dit. Si je reviens pas, je vous écrirais. » Il n'avait pas son air de tous les jours, qu'elle m'a dit...

Rivois cherchait à se tranquilliser, à se leurrer, et à leurrer sa maîtresse avec lui. Certes, il savait à quel grand voyage, à quel voyage sans retour le bohème avait fait allusion. Pourtant, il ne pouvait admettre que leur ami les eût quittés ainsi. Certainement, il reviendrait.

Mais Caristoche ne revint pas.

Chaque jour, les amants sentaient leur espoir s'amoindrir, et Zézette elle-même se tourmentait, surprise que cette absence lui révélât un profond attachement pour ce compagnon de quelques mois.

Rue Custine, aucune nouvelle. Le loyer était payé pour trois mois, la concierge était placide. Elle avait fermé les fenêtres, nettoyé, mis un peu d'ordre dans la chambre.

Des semaines passèrent. L'inquiétude de Pierre et de Lucienne faisait place à une sorte de résignation fataliste. S'ils passaient encore leurs nuits dans les cabarets de la Butte, ce n'était plus que par une habitude sans joie à laquelle ils n'avaient pas la force de renoncer après les interminables journées dans leur appartement de la rue Saint-Lazare, après tant d'heures dont le silence morose mettait entre eux comme une muraille menaçante.

Un jour, sur la fin de mars, Lucienne, laissant tomber l'ouvrage de broderie auquel elle feignait de s'occuper, posa cette question à Pierre :

— Sincèrement, crois-tu qu'il revienne ?

— Pourquoi donc ne reviendrait-il pas ? répondit Rivois.

— C'est vrai, soupira Lucienne, il est impossible d'admettre qu'après toutes ses protestations de fidélité à une promesse solennelle, il se soit dérobé ainsi.

— Ah ! ma pauvre amie, fit tristement Pierre, comme tu connais peu le cœur humain !... Moi aussi, j'ai voulu mourir, et cependant le goût, l'ardeur, la passion de vivre m'ont arraché à cette détermination. D'ailleurs, s'il a renoncé à son funeste serment, c'est de notre faute. Il s'était si bien monté la tête, avec ses boniments romantiques sur le suicide ! C'est nous qui lui avons ouvert les yeux. Sur le moment, il a protesté, il a mis son honnêteté en avant... Par la suite, il aura réfléchi. Et voilà comment s'explique sa fuite. Pour nous, c'est encore une combinaison qui flanche.

— Cherchons-en une autre.

— Je n'en ai plus la force. Advienne que pourra !... Je sais bien une chose : c'est que le jour où je serai trop las d'attendre la veine...

Comme il n'achevait pas sa phrase et se remettait à marcher d'un pas plus lent, plus accablé, Lucienne, saisie tout à coup d'un atroce pressentiment, courut à lui, prit ses mains d'un geste passionné, et, l'interrogeant d'une voix tremblante :

— Pierre, je t'en supplie... Que veux-tu dire ?

Mais Rivois ne répondit pas.

Quelques jours après cette scène, exactement le 3 avril, vers quatre heures de l'après-midi, le hasard voulut que le détective Joachim Fournier rencontrât dans la rue son ex-associé Bénivet.

— Ah ! mon cher Bénivet, s'écria-t-il, quelle heureuse rencontre !... Je pensais justement à aller vous voir.

— Sans doute avez-vous besoin de mes lumières, répondit Bénivet, toujours en garde contre l'excès d'amabilité des gens. En tous cas, il ne doit plus être question de l'affaire Rivois, je suppose ? Elle est terminée pour vous, maintenant que votre fugitif a cassé sa pipe ?

— Non ! fit Joachim avec un grand geste navré. J'avais cru, moi aussi, que cette mort allait tout arranger. Il n'en est malheureusement rien... Il y a des suites.

— Comment, des suites ? Expliquez-vous, vous m'intriguez.

— Il y a de quoi être intrigué, je vous en réponds... Mais je ne voudrais pas vous expliquer tout cela dans la rue ; les trottoirs ont des oreilles. Si vous voulez bien venir jusque chez moi, cela me permettra de vous montrer un objet qui n'est pas sans importance.

Ces paroles énigmatiques, le ton sur lequel elles étaient dites, la physionomie même de son interlocuteur, tout contribuait à piquer la curiosité du vieux limier. Il suivit donc Fournier et, une fois installé devant son bureau, attendit le déroulement des confidences.

— Mon cher Bénivet, commença Joachim, je voudrais être bref. Cependant, cette affaire est si compliquée que vous m'excuserez si je dois reprendre les choses d'assez loin dans tous leurs détails.

— Si ces détails sont essentiels, ne le négligez pas, susurra Bénivet.

— Ils le sont. Donc, c'est avant-hier, n'est-ce pas, à peu près à cette heure-ci, que Rivois s'est précipité du haut de la deuxième plate-forme de la tour Eiffel... Dans quel état on l'a ramassé, comment on l'a reconnu, grâce aux papiers trouvés dans son veston, tout cela les journaux l'ont assez fidèlement raconté. Naturellement, mon premier soin, le lendemain, fut d'aller chez la veuve lui présenter mes condoléances et lui offrir mes services pour toutes les formalités, tous les détails des obsèques, etc...

— C'était le moins que vous puissiez faire.

— Au fond, j'acceptais d'avance ces tracas sans trop de déplaisir, parce qu'il me semblait que j'enterrais, non seulement Rivois, mais encore et surtout l'affaire Rivois. Bref, j'arrive chez Mme Rivois vers les dix heures du matin...

— A propos, interrompit Bénivet, cette exquise créature est-elle toujours votre maîtresse ?

— Hélas ! oui... Mais passons... Comme je prévoyais que le suicide était déjà connu, j'avais mes premières phrases toutes prêtes. Alors, vous jugez de ma surprise quand elle vint à moi avec ces mots : « Tiens, à votre coup de sonnette, j'avais cru que c'était mon pédicure chinois. » Au reste, elle n'avait nullement l'air d'une veuve éplorée.

— Dame ! cet air était inutile pour recevoir un pédicure, même chinois. En somme, c'eût été plutôt au pédicure d'être triste.

— Pourquoi cela ?

— Un homme qui passe son temps à éplucher des oignons, ça doit avoir la larme à l'œil.

— Bénivet, mon ami, je vous en prie, ne plaisantez pas. Pour ma part, je n'avais guère l'humeur joyeuse. Je pensais qu'elle ne devait rien savoir, que mon rôle était de lui annoncer le drame récent... Tout à coup, devant ma mine de croque-mort, la voilà qui me lance : «Mais qu'est-ce que vous avez donc ? On dirait que vous tombez de la lune ou de la tour Eiffel, vous aussi ! » Je crus qu'elle était devenue folle. Je balbutiais quelques mots, quelques allusions à l'affreuse nouvelle, ce qui lui fit répliquer assez sèchement : « Eh bien ! qu'y a-t-il d'extraordinaire à ce que je sois au courant ? D'ailleurs, je préfère avoir appris cela par les journaux que par vous ! C'est plus brutal, peut-être, mais au moins c'est net. »

— Mon ami, je vous l'ai souvent répété, dit Bénivet, vous faites trop de discours. Vous êtes le policier-orateur.

Joachim continua :

— Ah ! mon cher, qui sondera jamais la mentalité d'une femme ? Alors que je prenais celle-ci pour la plus inhumaine, la voilà qui se met à fondre en larmes, à gémir, à geindre, à hoqueter... En vain, lui murmurai-je : « De grâce, Blanche, du calme !... Je suis là ! » Elle ne voulait rien entendre. Tandis que ses joues ruisselaient, ses mains, contre ses genoux, se tordaient, se dénouaient...

Fournier s'arrêtant, Bénivet en profita pour prendre la parole :

— Mon vieux, permettez-moi une toute petite remarque. De plus en plus, je trouve que vous avez des dispositions étonnantes pour la littérature. A votre place, je me jetterais, comme l'autre, du haut de la tour, dans le roman. Au fait, la plupart des policiers de la nouvelle école sont comme vous. La psychologie est leur fort. Jadis, on en faisait bien un peu, seulement dans les cas difficiles. On recourait à l'état d'âme des individus quand on n'avait plus rien à se mettre sous la dent. En ce moment, vous coupez des cheveux en quatre, et comme Mme Rivois les a très fins, c'est là besogne fastidieuse... Et puis, vous vous laissez entraîner par votre amour des belles phrases, et c'est du temps perdu. Ne vous fâchez pas. Je reconnais avec plaisir que, chez vous, toute cette littérature ne nuit pas trop au policier, étant donné le genre de police que vous avez choisi. Il faut bien que le policier de ces dames soit poli et police... Et, maintenant, s'il vous plaît de reprendre votre récit...

Bénivet, souriant, se carra dans le large fauteuil de cuir. Sa petite critique le vengeait par avance de toutes les longueurs qu'il savait devoir subir encore.

— Ne discutons pas de méthodes, reprit Joachim Fournier, ce n'est pas l'instant. Revenons à notre affaire... Je fus impressionné, je l'avoue, par ce subit accès de douleur. Et, ma foi, j'ai perdu la tête : au lieu de me borner à offrir de banales condoléances, ce sont des protestations idiotes d'amour et de dévouement que j'ai servies.

Poétique, il déclara :

— Que voulez-vous, c'est plus fort que moi ; je n'ai jamais pu voir une femme pleurer... Et je me suis si bien mis en communion avec ma cliente que ses larmes à peine séchées, elle m'a confié une nouvelle mission.

— Retrouver l'illégitime moitié de feu son mari, précisa tranquillement Bénivet.

— Comment le savez-vous ?

— Voyons, n'est-ce pas tout à fait logique ?... Mme Rivois est une jalouse. Or, le trépas de son mari ne supprime pas l'affront. Sa haine se concentre, plus vive, sur la voleuse de son bonheur. Il y en a qui, à la mort d'un être cher, reportent toute leur affection sur les survivants. Mme Rivois, elle, reporte toute sa haine sur Mme Muzeray. Cela ne doit pas être bien sorcier... Mme Muzeray, toute à son affliction, ne pense plus à se cacher. La raison est avec moi.

— Tout à fait de votre avis ! Aussi, demain, pendant les obsèques, je ferai surveiller l'église,

*Le fantôme de Caristochel!!* (p. 29).

le parcours du cortège... Moi-même, j'y serai, et j'ouvrirai l'œil. Ensuite, aussi longtemps qu'il le faudra, je tiendrai un homme en observation au Père-Lachaise, à proximité de la sépulture.

— Ce sont là de sages mesures.

— Autre chose, reprit Fournier. Il y a, dans le suicide, un détail qui m'intrigue... Les journaux en ont parlé, mais personne ne semble y avoir vu ce que j'y ai vu... Attendez un peu, je vais vous en donner la preuve.

Il se dirigea vers un bahut ancien que Bénivet, jadis, appelait l'armoire aux pièces à convictions.

Le meuble ouvert, le vieux policier vit Joachim en tirer un paquet assez volumineux.

— Voici le veston de Rivois, dit Fournier, le veston qu'avant de se précipiter dans le vide il a quitté et déposé, peut-être à dessein, sur le plancher de la deuxième plate-forme... C'est au commissariat de police qu'on me l'a confié sur l'ordre de Mme Rivois. Je le garde ici pour pouvoir l'examiner à mon aise. Ou j'y perdrai ma réputation, ou je lui arracherai le secret de la mort de celui qui le portait.

— Le secret du veston ! Quel beau titre pour un épisode de roman-cinéma ! s'écria Bénivet.

— Ne plaisantez pas. Méditez plutôt sur ces pal-

[illegible] académiques [illegible] du [illegible] à la boutonnière de gauche.

— Pourquoi voulez-vous que je bondisse pour un bout de ruban ?

— Simplement parce que Pierre Rivois n'a jamais eu les palmes académiques.

— En effet, il y a là quelque chose d'assez bizarre, murmura Bénivet songeur.

— Si vous ne savez pas quelle pensée abracadabrante m'est venue pour expliquer cette décoration ! Quelle supposition j'ai faite qui me hante, que je voudrais repousser parfois, parce qu'elle est absurde !...

— Dites toujours.

— Eh bien, je suis à me demander si, réellement, le suicidé est bien Pierre Rivois, s'il n'y a pas eu dans son identification quelque erreur... Dans toute cette affaire, je me suis déjà heurté si souvent à l'invraisemblable, que plus rien ne me surprendrait... Et cette hypothèse n'est pas si déraisonnable.

— Avec de l'imagination et de la psychologie, on peut toujours rendre raisonnables les choses les plus fantastiques, [illegible] Bénivet [illegible] en faire la preuve. En somme, vous n'avez pas d'autre indice que ces palmes ?...

— Pour le moment, non... Quoique le veston lui-même ne me semble pas correspondre à l'élégance bien connue de Rivois. Il était [illegible] un vêtement de confection, d'une étoffe vulgaire.

— Cela prouverait plutôt que les goûts de Rivois en matière de vêtements ont changé depuis qu'il a quitté sa femme. [illegible] vous n'ignoriez pas [illegible] se mettait en habit et cravate blanche pour [illegible].

— En tout cas, [illegible] remarquer Joachim, [illegible] papiers du veston on n'aurait jamais pu identifier le cadavre. Je l'ai vu, il était absolument méconnaissable.

Il se tut. Au dehors, on entendait distinctement le bruit régulier des gouttes de pluie qui battaient les vitres.

Dans son cabinet de toilette, Lucienne Muzeray achevait de passer en revue armoires et tiroirs, où plus rien ne restait, que des papiers froissés, des boîtes vides, des bouts de ruban, des brimborions sans importance. Sur la tablette du lavabo, quelques flacons, des brosses, juste ce qu'il faut pour une dernière toilette. À côté, le sac de voyage ouvert. Dans un coin de la pièce, deux grosses malles de cuir marron, les deux fameuses malles grâce auxquelles Joachim Fournier avait pu, jadis, suivre jusqu'à la gare du Nord la piste de Lucienne, [illegible] que la jeune femme s'apprêtait encore à voyager.

Il y avait huit jours déjà que l'on avait fait à Pierre Rivois de fort belles obsèques. Le bruit créé autour de son suicide avait [illegible] la sympathie [illegible] des amis et des admirateurs. Il connaissait tout à coup la gloire et le respect des foules. Il est vrai que le moment approchait où personne ne s'attarderait à évoquer son souvenir. Les morts vont vite. Les suicidés vont bon train.

Dans l'entrebâillement de la porte, Pierre Rivois apparut, le chapeau sur la tête, [illegible], une canne à pommeau de jade à la main.

— Les bagages sont prêts, mon cher amour ? questionna-t-il.

— Oui, Pierre. Et nous pouvons partir sans crainte. J'ai regardé partout [illegible] ne laisser rien de compromettant.

— Il ne manquerait plus que cela, après ce que nous avons [illegible] !

— Ah ! oui, soupira Lucienne, pauvre [illegible] !... Il ne faudrait pas que, par notre faute, son sacrifice fût perdu pour nous !... Et dire que nous avons [illegible], que nous l'avions [illegible] de manquer à sa parole !...

— [illegible] Rivois, en [illegible] il [illegible] C'était un [illegible].

— Et c'était un héros !

Il y eut un petit silence, pendant lequel Lucienne, se détournant, essuya furtivement une larme.

Pierre reprit :

— Quel dommage que l'existence ait été si [illegible] pour lui, qu'elle ait empêché son génie de se manifester !... Enfin, cette consolation nous reste, il aura un tombeau digne du grand poète qu'il aurait été.

— Oui, mais c'est son nom à lui qui devrait être gravé dans le marbre en lettres d'or.

— Que veux-tu ? Sa destinée, à ce pauvre garçon, était d'être sacrifié, méconnu... Ce fut un martyr.

— Et c'est, peut-être, dit gravement Lucienne, parce qu'il se jugeait tel que, par symbolisme, il aura voulu, avant de mourir, se décerner les palmes !

## VI

### SUR LES TRACES DU MORT

« Tout de même, se disait Joachim Fournier, la mort de Rivois [illegible] pour moi une conséquence heureuse. Pourvu que cela dure, et que Blanche, ayant [illegible] son [illegible], ne se rappelle pas trop vite que son amant est toujours vivant ! »

Il récapitulait les événements de ces derniers jours, au cours desquels la jeune femme s'était montrée à lui sans une défaillance, froide, hautaine, autoritaire. Avec tous les soucis qu'on lui avait fait, les formalités [illegible] [illegible], quel temps lui [illegible] pour les caresses ? Certainement, Blanche n'y pensait guère. Et puis sous ses voiles [illegible] palpitait d'espoirs nouveaux. Le deuil [illegible] à sa beauté. Elle devinait que les hommes en [illegible] ainsi [illegible] le gai printemps contribuait-il pour une large part à sa métamorphose. Lumineux et doré, il [illegible] l'espace, et des brises légères [illegible], caressantes et tièdes.

Mais de l'enchantement universel, Joachim Fournier se sentait exclu. Il comparait l'allégresse du monde à la somme de ses ennuis. [illegible] Blanche, il [illegible] de quelque [illegible] [illegible] [illegible] [illegible] Bénivet, brusquement venait de partir, rappelé en Belgique par une affaire dont il s'était déjà occupé par là.

Et il pensait :

« Mon honneur m'a créé des devoirs dont l'égoïsme féminin ne m'affranchira pas. J'ai pour de la femme abandonnée, la veuve [illegible] possède... Je fais partie de son deuil [illegible] [illegible] domestique. »

[illegible], la colère l'envahissait. Il devenait à la fois lâche et cruel. Il prenait des résolutions.

« Retrouver Lucienne Muzeray n'est pas [illegible] [illegible] hypothèse qui [illegible] de [illegible] du suicidé [illegible] À [illegible] l'examiner, avec les quelques renseignements [illegible] que je possède, [illegible] tout ce qu'il peut y avoir de [illegible], de naturel, je ne dois pas chercher ailleurs... Et le jour où je pourrai venir annoncer à Mme veuve Rivois : « Votre cher mari [illegible] du tout, ce n'est pas lui qui s'est jeté du haut de la tour Eiffel, [illegible] il vit, eh bien ! ce jour-là, elle cessera [illegible] de sa [illegible] [illegible] de [illegible] dernière [illegible] l'incommensurable [illegible] union définitive. »

Quelles preuves Joachim Fournier avait-il pour étayer sa conviction ? Peu, jusqu'à ce jour, et encore étaient-elles incertaines. Il fallait [illegible] terprétation pour en tirer quelque chose, et surtout sa patience, sa précision mathématique.

En premier lieu, par ordre de date, il avait cet indice qui avait éveillé ses doutes : le ruban violet à la boutonnière du veston et le veston lui-même.

L'on pouvait admettre chez Rivois le subit besoin d'une décoration. Les mobiles de l'âme humaine sont si divers, si déconcertants dans leurs manifestations, si variables dans leur puissance! Mais, plus palpables que les mobiles de l'âme sont les dimensions du corps. Et les dimensions de Pierre Rivois ne correspondaient pas du tout à celles de ce veston qui était présumé lui appartenir.

Il y avait encore, pour confirmer l'opinion de Fournier un document important sur lequel le détective méditait en relisant les feuillets du dossier Rivois. Ce document était un rapport de l'agent placé, par le détective, en observation au Père-Lachaise, aux alentours de la sépulture du peintre. Joachim en lisait, à mi-voix, les feuillets :

« Dans la matinée du 14, je n'ai rien remarqué d'insolite. Les ouvriers qui travaillaient à l'édification du monument funèbre ont achevé un peu après dix heures.

« Pourtant, il est bon que je note ceci : Comme les ouvriers s'en allaient, l'un d'eux a déclaré : « Maintenant que c'est terminé, il faut que je téléphone à mon individu. »

« Je n'aurais peut-être attaché aucune importance à ce fragment de conversation si, deux heures plus tard, je n'avais été intrigué par l'arrivée de deux personnes, un homme et une femme. Il faut dire que l'allée où se trouve la sépulture Rivois est très peu fréquentée. Les touristes n'y passent généralement pas, et cependant, à leur extérieur, à leur physionomie, ces deux individus avaient plutôt l'air de touristes que de parents venant prier sur une tombe.

« Ils ne pouvaient me voir, caché que j'étais par des arbustes. Du reste, pour mieux écarter tout soupçon, je feignis de m'occuper au nettoyage d'une tombe voisine.

« Comme le couple arrivait au niveau de la sépulture Rivois, j'ai entendu distinctement l'homme dire : « C'est ici », et la femme répondre : « Oui, mais fais attention. » Ils parlaient tout bas. Ils sont restés trois ou quatre minutes devant la tombe, après quoi ils sont repartis sans détourner la tête.

« L'homme, jeune encore, de taille assez haute, brun, moustache taillée à l'américaine, teint pâle, très bien mis. La femme, vêtue élégamment elle aussi, doit être jeune, à en juger par sa démarche. Quant à ses traits, je n'ai pu les distinguer, vu qu'elle portait une voilette épaisse. J'ai seulement remarqué la teinte blonde de ses cheveux.

« J'ai pensé que c'étaient des connaissances du défunt, ou des curieux, parce que si le signalement de la femme correspondait quelque peu au signalement de Mme Muzeray, je ne pouvais pas en déduire que ce fût elle, n'ayant pu apercevoir son visage. D'ailleurs, vraisemblablement, Mme Muzeray serait venue seule... »

— Imbécile, bougonna Joachim d'un ton furieux en arrêtant là sa lecture, et en rejetant brusquement le rapport. Et dire que je ne puis plus employer que des propres à rien comme celui-là, parce que je n'ai plus les moyens de me payer de bons limiers!... Mme Muzeray serait venue seule... La belle raison pour ne pas faire attention à une femme accompagnée!... Au lieu de la suivre, de tâcher d'apercevoir sa figure, cet abruti est resté là, tranquillement, à attendre que Mme Muzeray surgisse sans escorte... Et il avoue encore que les signalements pouvaient concorder!... Ah! si j'avais été là, moi! j'aurais flairé tout de suite que cette femme était Lucienne et que l'homme, parbleu! n'était autre que Pierre Rivois, le pseudo-suicidé... Le signalement que ce crétin en donne est tout à fait le sien, à part le détail de la moustache. Mais, la dernière fois que je l'ai rencontré, il l'avait déjà sa moustache... Et comme, de cette façon, tout s'explique, tout s'éclaire. Rivois, n'étant pas mort, a eu la curiosité de visiter sa tombe... C'est probablement lui l'individu mystérieux auquel l'ouvrier allait téléphoner... Conclusion : Rivois était encore à Paris avec sa maîtresse, à la date d'avant-hier. Et il se méfie toujours... Maintenant, il me faut retrouver l'ouvrier.

Il referma le dossier, le remit dans son tiroir.

## VII

### INTERMÈDE RUSTIQUE

Un sentier grimpait derrière les maisons du village, longeait des potagers en pente, des haies d'épines vives, puis rejoignait, sous des buissons d'aubiers sauvages et de noisetiers, un ruisseau à bouillons d'argent.

Il faisait un si grand silence et les champs s'étendaient dans une telle solitude, que ce coin de nature paraissait dormir dans la certitude de son éternité. Et le vent qui, à petits souffles, remuait les feuilles, faisait trembler des taches de clarté sur les tapis d'herbe.

— Quelle douceur, quel repos de vivre ici!

Encore tout essoufflée de la montée en plein soleil, une femme venait de parler, une femme jeune et élégante, dont les cheveux blonds étincelaient sous un large chapeau de paille, et dont la robe rose mettait une lueur d'aurore dans l'ombre des arbres.

Un homme la suivait qui déclara à son tour :

— Oui, c'est délicieux, ce coin-là!... Mon amour, il faudra qu'avec quelques brins de couleur, j'en fixe pour nous le souvenir.

On n'entendait plus ensuite, dans le silence du paysage, que le glou-glou du petit cours d'eau.

. . . . . . . . . . . . . . . . . . . . . . . . . . .

C'était par une sorte d'hommage attendri à la mémoire de l'ami mort pour eux, que Lucienne et Pierre avaient choisi ce village comme première étape, lorsqu'ils quittèrent Paris.

N'était-ce pas, en effet, dans une de ces maisons basses, groupées autour du clocher carré, qu'Alcide Caristoche était né, qu'il avait passé les années naïves et lumineuses de son enfance?

Ils étaient arrivés au village de bon matin, amenés du chef-lieu de canton, à huit lieues de là, par une ancienne calèche de louage, solennelle et délabrée. Tout le long du chemin, quel émerveillement pour la jeune femme, qui croyait aller à la conquête de la nature! Pierre, lui, ne disait rien, ne bougeait pas, pelotonné dans son coin, contre le capiton élimé qui sentait le foin, l'écurie, le soleil.

De temps à autre, leur cocher, un vieux bonhomme mi-paysan, mi-ouvrier, se retournait sur son siège pour leur désigner au loin un village, un château, la ligne noire d'une forêt qui s'avançait parmi les vignes.

Ce fut ainsi jusqu'au moment où l'homme, pointant du bout de son fouet vers quelques maisons dont les toits émergeaient des verdures, au détour d'un vallon, leur dit : « Nous serons arrivés dans un petit quart d'heure. »

Alors, l'exubérance des amants s'apaisa d'un coup. Ils devinrent graves, recueillis. N'était-ce pas un pèlerinage qu'ils allaient accomplir? Ils auraient voulu arrêter la voiture, achever le trajet à pied, pieusement. Mais le cocher accélérait l'allure de sa bête. Ils pénétrèrent bientôt dans un gai village aux bonnes odeurs.

Par la porte grande ouverte de l'auberge, on voyait la salle, accueillante et propre, ses murs peints de couleurs claires, ses boiseries luisantes, la haute pendule campagnarde dans un angle, les bouteilles, les verres, rangés en ordre et scintillant sur des rayons, le comptoir sur lequel un gros bouquet de lilas blanc et de muguet embaumait l'air. Son double parfum était autour de Pierre et de Lucienne comme une bienvenue, un vœu de bonheur, tandis qu'ils attendaient que l'aubergiste remontât de sa cave la bouteille le bière qu'ils avaient demandée.

L'aubergiste revint, s'excusa :

— J'ai été un peu long, c'est que, par ici, on ne boit pas beaucoup de bière... Alors, comme ça, vous venez vous promener dans notre pays?... C'est rare les étrangers chez nous.

— Oui, répondit Pierre, nous sommes de passage dans la région... Vous nous préparerez à déjeuner pour tout à l'heure. Nous allons faire un tour dans le village, nous repartirons dans l'après-midi.

Mais ni l'après-midi, ni le soir, ni le lendemain, Pierre et Lucienne n'étaient repartis. Qui les eût empêchés de s'arrêter ici? Ils n'avaient pas de but précis à leur voyage; rien ne les pressait; ils n'étaient partis de Paris que pour n'avoir plus sous les yeux tant de témoins de leur tristesse passée, de leurs angoisses heureusemnt finies, de leurs craintes conjurées pour toujours. La vie s'ouvrait devant eux, paisible et bonne, fluide et amoureuse comme la lumière de cet après-midi d'avril.

Ils avaient donc décidé de goûter cet intermède bucolique dans le parfum des verveines en fleurs de ce jardin d'auberge, enchantés, dès le premier jour, de l'accueil cordial qui leur était fait. D'une humanité confiante et simple, les paysans semblaient les avoir adoptés. On ne disait pas, en parlant d'eux, les « Parisiens », mais M. et Mme Racienne.

Rien que d'entendre leur nom prononcé avec ce même accent un peu chantant et fort qu'avait conservé Caristoche, leur causait un délicat plaisir. Tout au fond d'eux-mêmes se levaient mille souvenirs de leur ami défunt. Lui aussi, n'avait-il pas, dans la voix et dans le regard, la même bonté simple et franche, quasi-animale ?... Et, pour eux, jusqu'à quel absolu dévouement n'avait-il pas poussé cette bonté ?

S'ils continuaient à porter ce nom de Racienne, c'était bien un peu en souvenir d'Alcide, qui l'avait inventé, fabriqué pour eux, quand le faux nom de Pierlu eut cessé de leur offrir la sécurité.

— C'est bien simple, s'était écrié le bohème. Vous avez, dites-vous, fabriqué ce nom de Pierlu en réunissant les premières syllabes de vos prénoms... Eh bien, continuez sur le même principe : utilisez les syllabes qui restent. Cela fera Racienne. Qu'en dites-vous ? Ce n'est pas banal et ça sonne bien.

Mais avaient-ils vraiment besoin d'entendre prononcer ce nom pour que leur pensée évoquât Caristoche, et l'âme du sacrifié n'intervenait-elle pas, à toute minute, entre eux ? Lucienne surtout ne se délivrait pas d'une tragique obsession. Avec le regret qui lui serrait toujours le cœur, il y avait encore en elle la tristesse de son existence de mystère et d'exil. Ah ! si elle avait su ! Mais quoi, c'était sa destinée, et elle ne devait pas laisser deviner à Pierre combien elle se sentait lasse de devoir toujours se cacher.

Pour renoncer à tout, aux succès mondains, aux relations anciennes, et même à l'espoir de reprendre jamais, en quelque lieu que ce fût, une existence normale, son amour serait-il assez fort ? Elle s'exhortait, se réprimandait. Elle n'avait qu'à prendre exemple sur Pierre. Ne montrait-il pas, dans un renoncement plus grand encore que le sien, une souriante persévérance ? Il fallait être vaillante, il fallait ne plus vivre que pour lui et la joie d'être sienne.

Fût-ce une vague tristesse, à cause de Caristoche, ou la simple curiosité dont ils prétextèrent, qui les fit s'arrêter, un samedi soir, devant le cimetière qui entourait l'église de ses murs chenillés de lichens et de mousses jaunes ? Sur la vieille terre bénite, des croix pourrissaient. Des noms pouvaient se lire encore sur les dalles noircies. Mais combien de tombes n'en avaient plus, cachées sous les orties et les hautes herbes ?

Immobiles, accoudés à une porte basse, les deux amants songeaient à tous ceux qui, au cours des années, s'en étaient venus dormir là, les bras en croix, après avoir vécu des simples besognes de la terre.

Un souffle de vent frais s'éleva. Lucienne eut un petit frisson.

— Rentrons, dit-elle. Il doit se faire tard.

Sa voix était d'une douceur infiniment troublante.

Dans l'ombre bleue des ruelles, ils se hâtèrent vers l'auberge. Çà et là des lumières brillaient dans les maisons. Sans avoir échangé un seul mot, ils arrivèrent, trouvèrent l'hôtelière alarmée, à cause du dîner qui serait trop cuit.

Pendant tout le repas, les deux amants furent silencieux. Un peu de fièvre battait leur front à petits coups. Pour la première fois, ils mangeaient presque sans faim, distraitement, avec la hâte d'en avoir fini.

Et, lorsqu'on eut desservi la table :

— C'est lugubre, ici, fit Lucienne, en se levant brusquement.

Elle ajouta :

— J'ai mal à la tête... Montons nous coucher.

Pierre s'inquiéta :

— Tu ne veux pas le dire, mais je suis certain que tu as eu froid.

Elle riposta, énervée :

— Quand je te dis que je n'ai rien !... C'est la fatigue, le soleil.

Le lendemain une ombre légère persistait au fond de ses yeux. Visiblement elle s'attristait, en dépit de tous ses efforts pour réagir.

Si bien que Pierre, ne comprenant plus, proposa :

— Nous ferions bien, je crois, de ne pas rester ici plus longtemps... La campagne, c'est beau, mais il faut en avoir l'habitude. Tu as besoin de distractions.

Comme Lucienne ne répondait pas, il continua :

— Et moi aussi, d'ailleurs... Alors, c'est entendu, nous partirons demain.

— Pour aller où ? interrogea Lucienne.

— A Cluny, par exemple. On s'apprête à y fêter le millénaire de l'abbaye. Nous pourrions voir ça : ce sera peut-être amusant.

Et la même calèche qui les avait amenés les emporta.

Comme trois semaines avant, le soleil s'avançait lentement dans le ciel à peine voilé de brumes légères, et les sentiers verts et fleuris semblaient des chemins de procession.

## *TROISIEME PARTIE*

## LE MERVEILLEUX DETECTIVE

### I

### UN FANTOME DÉBARQUE

AUJOURD'HUI, Pierre avait proposé une promenade dans Cluny. Lucienne le suivait indifférente, avec le seul espoir que l'orage qui les menaçait les obligeât à rebrousser chemin.

Ils arrivèrent en face d'une rue qui, de la terrasse du Fouëtin, allait directement jusqu'à la place Notre-Dame, où ils habitaient. D'un accord taute, ils firent halte, se regardèrent, chacun attendant de l'autre, qu'il décidât ce qu'il convenait de faire : rentrer tout de suite, ou se promener encore. Avec la même pensée, ils levèrent les yeux, inspectèrent circulairement le ciel.

— Nous pouvons continuer. L'orage est plus loin que l'on n'aurait cru tout à l'heure, dit Lucienne, résignée.

— Alors, allons tout doucement jusqu'à la gare, décida Pierre. Nous verrons arriver le train de 6 h. 40... Et, de cette façon s'il vient à pleuvoir, nous aurons au moins l'omnibus d'un hôtel pour nous ramener.

Voir arriver les trains ! De combien de petites villes n'est-ce pas une des principales distractions ? Et celle-ci offre tant d'avantages : elle est publique, elle est gratuite, et mathématiquement régulière. Il y a des âmes nostalgiques, obsédées d'inconnu, avides d'aventures, qui respirent, dans l'odeur de vapeur, de charbon et de graisse des locomotives, le parfum de tous les beaux voyages qu'elles ne feront qu'en rêve.

Mais, parce que Pierre Rivois venait de proposer à Lucienne Muzeray d'aller voir arriver un train, il ne faudrait pas en inférer que, provinciaux depuis si peu de temps, ils eussent déjà pris l'habitude de cette distraction.

En somme, depuis près de quinze jours qu'ils vivaient à Cluny, Pierre et Lucienne, très simplement, très banalement, étaient heureux... Ils pourraient, plus tard, compter cette étape parmi les meilleures de leur existence. Plus tard... quand ils retourneraient dans la petite maison vieillotte de la rue Norvins, la petite maison aux chers meubles de l'ancien temps, cet unique logis bien à eux, qu'ils aimaient comme leur bonheur lui-même.

C'est ainsi que, cet après-midi-là, comme ils se dirigeaient, à pas de flânerie, et par le plus long chemin, vers la gare, Lucienne arrêta son amant au milieu du récit de la vie de Pierre le Vénérable, abbé de Cluny.

— Dis donc, Pierrot ! Tu ne sais pas quelle idée vient de me passer par la tête ?

Pierre la questionna des yeux. Il était en train d'exposer la règle qui suivaient les anciens moines de Cluny qui, en dehors des heures canoniques, s'occupaient de théologie, de médecine, d'histoire, et fixèrent leurs études scientifiques sur des parchemins que certaines familles conservatrices du canton utilisent encore aujourd'hui pour boucher leurs pots de confitures.

— Eh bien, continua Lucienne, je me disais que nous devrions avoir ici, à Cluny, notre petite maison de Montmartre. Tu ne crois pas qu'elle aurait bel air dans ce décor ? Tiens, par exemple, dans cette rue qui va à la porte Saint-Mayeul, et où nous avons vu, l'autre matin, une si curieuse maison en bois.

Du coup, les moines et leurs travaux furent oubliés.

— C'est vrai, s'écria Pierre, je n'y avais pas encore pensé. Ce serait tout à fait dans le ton. Ce ne sont pas les coins archaïques et pittoresques qui manquent ici.

— A moins que, raisonnables, nous nous contentions d'une demeure déjà organisée. On n'aurait pas beaucoup de mal à en trouver une, une vieille, bien entendu, et originale, avec un jardin et des arbres.

Lucienne entrevoyait cette installation comme un divertissement, tandis que Pierre, de son côté, réfléchissait, discutait, déjà moins enthousiaste.

Allait-il avouer à Lucienne qu'il ne croyait plus au bonheur, qu'il avait cessé de l'espérer?... Quelque chose en lui s'opposait à ce beau projet de leur installation à Cluny, le combattait, le menaçait. Il n'y avait pas à douter, c'eût été, ici, l'étape idéale, la véritable maison reposante. Quel obstacle surgissait donc, imprécis, mais si redoutable, contre lequel ils se buteraient, qui ferait dévier leur route vers les ténèbres? Encore, toujours, ce même affreux pressentiment d'une catastrophe nouvelle, d'une tempête qui les emporterait, si loin du pays de leurs rêves, comme des fétus dérisoires.

— Dis-donc, chéri, fit tout à coup Lucienne, qui reprenait contact avec la réalité, si nous nous dépêchions un peu. L'orage se rapproche. Nous étions trop absorbés par je ne sais quel château en Espagne, qui n'était qu'une masure en Bourgogne, pour prendre garde au temps. Et maintenant, vois, on dirait que la nuit tombe.

— Heureusement que nous approchons de la gare. Nous y serons avant que ça éclate.

Mais à peine Pierre avait-il prononcé ces mots, qu'une rafale encore plus brusque et plus violente que celle de tout à l'heure, survint et s'abattit, bruissante et mugissante, les forçant à courir parmi les tourbillons de poussière et de feuilles. Et lorsqu'ils purent, haletants, ralentir un peu leur allure, ce fut pour voir le premier éclair rayer longuement les nuées immobiles et lourdes, couleur de plomb. Puis le grondement du tonnerre monta du fond de l'horizon, s'enfla comme une marée de tumultes, se répercuta jusqu'à l'infini, parut, une minute très longue, occuper l'espace. Et dans le silence angoissant qui suivit, brusquement, ce fut le sifflet d'un train, saccadé, incessant, suraigu, tel le râle de quelque bête. Un autre éclair fulgura au zénith, et le fracas roulant du tonnerre, parcourut de nouveau toute l'étendue.

— Dépêchons nous, fit Pierre, tâchons d'arriver à la gare avant qu'il pleuve.

Il entraînait rapidement Lucienne, un bras à sa taille.

D'une voix étranglée, elle risqua quelques mots :

— C'est que trin, celui qui vient de passer?

Pierre tira sa montre.

— Ce doit être celui de 6 h. 32... Tiens, tu l'entends, le voici qui repart.

Des frissons parcouraient la jeune femme.

— Allons vite, dit-elle. J'ai peur.

Pierre ne tenta même pas de la rassurer. Il se sentait lui-même envahi par un malaise indéfinissable, une sorte d'effroi mystérieux, surnaturel, et si angoissant qu'il en eût crié.

Un écho de tonnerre roulait encore quelque part. Des gens passèrent sur la place, rapidement, silhouettes confuses et sombres.

— On dirait des fantômes, remarqua Pierre, sauf que, généralement, les fantômes ne marchent pas si vite.

— Tais-toi, supplia Lucienne, d'une voix pareille à un souffle. Ne parle pas de cela.

Soudain, elle s'arrêta, fit un pas en arrière, étendit le bras, voulut jeter un cri, mais demeura la bouche ouverte, les yeux écarquillés et fous, la figure livide, en proie à une terreur indicible. Et sa main tendue désignait quelque chose, là, devant eux...

Pierre, ayant regardé dans cette direction, se sentit, lui aussi, gagné par la même épouvante.

Une ombre s'avançait, qui avait la forme et les apparences d'un homme marchant à longues enjambées, le corps raidi, la tête haute, avec toute la clarté équivoque de l'heure concentrée sur sa figure.

Alors, et comme l'homme n'était plus qu'à une dizaine de mètres, le cri de Lucienne éclata enfin, strident, épouvantable. Puis, de nouveau, sa voix redevint rauque, saccadée, sifflante entre les dents qui s'entrechoquaient.

— Mon Dieu!... Mon Dieu!... C'est lui... le voici... c'est son fantôme... le fantôme de Caristoche!

Et dans le grand silence de toute la nature en proie à l'épouvante, une voix, tout près d'eux, un peu chantante et grave, lentement répondit :

— Oui, c'est lui-même, mes chers amis, et débarqué depuis cinq minutes du train de Châlons.

## II

### LE MYSTÈRE ET LA PEUR

Il advint que Joachim Fournier fit une découverte. Ce fut tout à fait à propos, car il commençait, cette fois encore, à se décourager.

Que Pierre Rivois fût vivant, il n'en pouvait plus douter. Mais, ne fallait-il pas en faire, pour autrui la preuve? Un instant, le détective avait eu l'espoir de saisir un fil conducteur en apprenant la visite faite, au Père-Lachaise, à la prétendue sépulture du peintre, par ce couple suspect qui ressemblait furieusement au couple fugitif, et en établissant un rapprochement entre cette visite et les quelques paroles prononcées, deux heures plus tôt, par un ouvrier marbrier.

L'ouvrier, vite retrouvé, s'était laissé « cuisiner » pour quelques verres de vin. Son récit confirma le flair de Joachim. Abordé, un matin, près du cimetière, par un inconnu, un « Monsieur » dont il donnait un signalement assez minutieux et précis pour que l'on pût reconnaître Pierre Rivois, l'ouvrier avait, pour un louis, accepté de l'informer du moment où le monument serait achevé. Pour cela, il devait lui téléphoner, entre dix heures et demi. Ce brave homme de marbrier ne s'était pas du tout senti intrigué par ce marché. Il avait reçu les vingt francs d'avance, et, ponctuellement, avait rempli sa mission.

— Naturellement, insistait le détective, vous vous êtes loyalement acquitté de votre mission?

— Ça, je le jure, j'y ai téléphoné quand on a eu mis la dernière main.

— Et, vous souvenez-vous du numéro téléphonique que l'on vous avait donné?

— Ah! dame, mon cher monsieur, vous m'en demandez trop long... Moi, vous savez, depuis l'école, je n'ai pas la mémoire des chiffres.

Par exemple, ce qu'il n'avait pas oublié, c'était le nom de son singulier client.

— Ah! pour ça, pour le nom, il est gravé là, avait-il déclaré en se frappant le front... C'est un nom rigolo : Monsieur Pierlu.

Ainsi le détective s'en était revenu joyeux et tout dépité à la fois. Il avait une nouvelle certitude de l'existence de Pierre, mais le problème demeurait énervant, odieux, à force de demeurer sans réponse.

Dans un subit accès de rage, un beau jour qu'il se trouvait seul chez lui et récapitulait ses défaites, brutalement, il empoigna le fameux veston du suicidé de la Tour Eiffel, le jeta à terre, le tiraillа, le piétina jusqu'à le déchirer. Calme, il se traita d'imbécile pour avoir détérioré cette pièce à conviction et, machinalement, tandis qu'il constatait le dégât, ses doigts passèrent entre le drap et la doublure. Un crissement se produisit, quelque chose comme le bruit sec d'un papier que l'on froisse. Instantanément, Joachim Fournier redevint policier. Son instinct lui disait que ce papier allait lui livrer le secret passionnant du suicidé de la Tour Eiffel. Saisissant soigneusement sa découverte, il l'extirpa de sa cachette.

À première vue, c'était, plié en un petit rectangle étroit, un papier jauni d'ancienneté, sali aussi par son contact avec la bourre de l'épaulette dont il exhalait l'âcre odeur poussiéreuse. Certainement, ce papier avait dû être glissé là depuis pas mal de temps.

La feuille dépliée, Fournier constata que d'un côté, elle était vierge de toute inscription, et de l'autre portait seulement, tracée au crayon, trois lignes d'écriture, vers le milieu de la page, et deux autres, toujours au crayon, dans le bas. Des lettres majuscules et des minuscules, des chiffres, des signes arithmétiques, mêlés réunis en groupes, ne formant pas un seul mot complet, n'ayant aucune signification apparente, composaient les trois premières lignes.

Le détective comprit que ce n'était sans doute là qu'une formule mathématique ou chimique, chimique plutôt. A quoi se rapportait-elle? Il n'eût pu le dire, ne connaissant rien en chimie. Peut-être s'agissait-il d'une découverte de grande importance, puisque ç'avait été si soigneusement caché. D'ailleurs, les quelques mots, complets et compréhensibles ceux-là, qui s'alignaient plus bas, semblaient corroborer une telle hypothèse :

« Avoir les palmes et mourir... Le monde n'est que pourriture! »

En tout cas, une chose était certaine : l'auteur de ces lignes ne pouvait être Pierre Rivois. Dabord l'écriture différait totalement de la sienne. Et puis, jamais à la connaissance du détective, Rivois ne s'était occupé de chimie, et jamais non plus il n'avait manifesté le moindre désir d'une décoration.

Donc, le mystérieux papier constituait une nouvelle preuve de la fausse identification du suicidé de la Tour Eiffel. Mais Joachim n'en avait pas besoin : sa conviction était, à ce sujet, faite depuis longtemps. Aussi, tout en continuant d'examiner le document, pouvait-il laisser paraître son dépit. Il avait espéré un renseignement plus précis, sinon sur Rivois, du moins sur le véritables suicidé qui, par delà la tombe, faillait et défiait le pauvre policier.

Toutefois, Fournier ne voulut pas s'avouer vaincu avant de recommencer la lutte.

— Après tout, se dit-il, ce papier peut contenir des indications imperceptibles au premier coup d'œil, mais que je dois à ma conscience de rechercher. Si celui qui le rédigea était réellement détenteur de quelque secret important, quoi d'impossible à ce que, pour plus de sécurité, il ait écrit avec une encre sympathique. Il faut que je m'en assure, et sans tarder.

Repris d'un nouvel espoir, il se dirigea vers sa table, dans l'intention de commencer ses expériences.

— Pourvu seulement, murmurait-il, que le bonhomme ait signé son grimoire!

Avec des précautions infinies, il déposa le papier sur la table et continua à monologuer :

— Avant de déchiffrer ce qui peut être écrit à l'encre sympathique, n'effaçons surtout pas les empreintes digitales. Il y en a certainement plusieurs.

. . . . . . . . . . . . . . . . . . . . . . . . . . . . . .

Moins d'une semaine après sa fameuse trouvaille, le détective était en campagne afin de découvrir comment et pourquoi le nommé Callot, Raphaël-Isidore, en était venu à se précipiter du deuxième étage de la Tour Eiffel en ayant dans sa poche les papiers de Pierre Rivois.

Par un autre effet, tout aussi curieux, du hasard, le même jour où Fournier apprit la véritable identité du suicidé, Pierre Rivois et sa maîtresse l'apprirent aussi, mais d'une façon tout à fait différente. Car, tandis que le policier, ayant espéré, désiré, attendu cette révélation, la recevait, par un radieux matin, dans son élégant studio, et en éprouvait d'abord un plaisir très vif, puis ensuite cette légère déception que les renseignements fournis sur l'individu fussent vieux de deux ans; tout, pour les deux amants, contribua à faire de cette même révélation l'événement le plus imprévu, le plus fantastique, le plus stupéfiant de leur existence.

L'approche de l'orage avait commencé par les angoisser, les crisper. Dans cette lumière irréelle et fumeuse qui abusait les regards et imposait à chaque pensée une tournure de mystère et d'hallucination, leur malaise nerveux s'accentuait de plus en plus. Et, dans un tel décor, à pareille minute, on conçoit que l'apparition subite d'Alcide Caristoche était bien faite pour changer l'angoisse des deux amants en terreur, leur indécision en affolement.

Aussi, tandis que Lucienne, accrochée convulsivement au bras de son ami, commençait à s'évanouir, Pierre, muet, immobile et hagard, sentait véritablement sa raison s'en aller de lui. Était-ce bien réellement Caristoche qui était là, devant ses yeux? Ou bien était-ce, comme l'avait crié Lucienne, son fantôme, surgi de l'au-delà, pour les punir d'avoir restreint chaque jour davantage, depuis des semaines, la place que, par son sacrifice, il aurait dû toujours tenir dans leur mémoire reconnaissante?

Mais, si en cette occurence, Caristoche ressentait, de son côté, quelque surprise de cette rencontre imprévue, il n'avait pas la moindre motif d'y perdre, comme eux, le sens ou la raison. Si bien que, voyant Lucienne lâcher le bras de Pierre et chanceler, il s'élança vers elle juste à temps pour la soutenir. Seulement, comme il n'avait aucune expérience en pareille matière, la jeune femme, étant pour tout de bon évanouie, et Pierre, conservant son air stupide et égaré, le pauvre Caristoche se contenta de grommeler :

— Eh bien! n... de D... ! En voilà du propre!

Cette exclamation eut pour résultat de ramener Rivois à la réalité. Ses yeux s'ouvrirent, bien qu'ils n'eussent cessé d'être écarquillés à l'extrême. Et, voyant sa maîtresse inanimée, pâle comme une morte, il comprit qu'un fantôme n'aurait pu la soutenir comme elle était soutenue, et que ce devait être bel et bien Caristoche, en chair et en os, qui se trouvait là. Mais, il ne s'arrêta pas une seule minute au problème que cette présence posait. L'état de Lucienne lui importait davantage.

Et, comme d'énormes gouttes de pluie commençaient à tomber, cinglant les feuillages et s'écrasant à terre avec un bruit mou, Pierre répéta, mais sur un autre ton, l'exclamation de Caristoche.

— Eh bien! oui. En voilà du propre!

Ensuite il bougonna, avec un regard courroucé vers Alcide :

— Vous auriez pu nous prévenir, que diable!... On ne fait pas de peurs pareilles aux gens!

Sans s'attarder à lui répondre, Caristoche, d'un geste sûr et prompt, enleva Lucienne, la tint contre lui comme il eût fait d'un enfant, sans effort, et avec tant de douceur et de précautions que Pierre en fut touché.

— Dépêchons-nous, dit Rivois... Moi, je lui soutiendrai la tête.

Pourtant Caristoche demeurait sur place... Et Pierre, lisant dans ses yeux l'interrogation qu'il allait formuler, y répondit immédiatement, d'une voix où perçait quelque impatience :

— Oh! n'importe où. Dans la première maison venue. Le plus près sera le mieux.

— Dans ce cas, repartit Caristoche, en faisant un demi-tour sur lui-même, allons chez moi... Il y en a pour cinq minutes, et nous aurons Zézette pour les premiers soins.

— Zézette! s'exclama Rivois... Elle est donc ici, elle aussi?

— Elle ne m'a pas quitté. Ces petites femmes-là, quand ça s'attache, c'est comme le lierre... Il se pourrait que nous en arrivions à nous marier... Allez, mon ami, il ne faut pas m'en vouloir.

— Vous en vouloir! se récria Pierre. Et de quoi donc? De n'être pas mort?... Je suis, au contraire, extrêmement heureux de vous retrouver bien en vie.

Un soupir de soulagement gonfla la poitrine d'Alcide, et toute sa figure prit un air joyeux, trop joyeux même, eût-on pu dire, pour un homme qui, sous une pluie violente, transporte dans ses bras une jeune femme en syncope.

— Ah! mon ami, que vous êtes bon, déclara l'ex-bohème, et que je vous remercie! Vraiment, je suis confus de votre bonté, de votre indulgence, car je n'ai pas agi vis-à-vis de vous aussi loyalement, aussi honnêtement que j'aurais dû le faire.

Pierre l'interrompit :

— Voulez-vous vous taire!... Cette affaire est finie, bien finie, nous n'en parlerons plus. D'ailleurs, vos scrupules me semblent excessifs. Du moment qu'il fallait que quelqu'un se suicidât en mon nom, j'aime mille fois mieux que ce n'ait pas pas été vous. En somme, ce n'est pas une chose tellement agréable de se suicider. Vous vous êtes fait remplacer, vous aussi, et j'en suis bien content. Vous avez, en cela, suivi mon exemple, n'est-ce pas?... Vous vous êtes suicidé par procuration?

— Euh! euh! commença Caristoche, avec un demi-sourire... C'est-à-dire que, jusqu'à un certain point, oui... Mais, cette idée-là n'a pas germé toute seule dans mon ciboulot... Elle m'est venue d'Amérique...

— D'Amérique? fit Pierre, abasourdi.

Il ne saisissait pas du tout et ne comprenait pas davantage pourquoi Alcide venait de s'arrêter.

— Je vous raconterai cela tout à l'heure, répliqua Caristoche. Pour le moment, nous sommes arrivés. Si vous voulez bien m'ouvrir la porte.

## III

### DIALOGUE DES MORTS

Lorsque Lucienne rouvrit les yeux, elle ne sut pas, tout d'abord, si elle était éveillée et bien en possession de ses esprits, ou si elle poursuivait un rêve. Elle ne reconnaissait rien autour d'elle, ni cette chambre au plafond bas, ni ces meubles quelconques, disposés un peu au hasard. Un crépuscule gris pénétrait, avec une odeur âcre de terre mouillée, par les deux fenêtres mi-closes, voilées d'étamine épaisse.

Que faisait-elle donc, toute seule, dans cette chambre triste, couchée dans ce grand lit aux matelas trop durs, aux draps rêches? Où était Pierre? Que s'était-il passé depuis, depuis...

Elle chercha à préciser ses derniers souvenirs, parvint à revoir la promenade, l'homme en route, bribes par bribes, elle se rappela sa conversation avec Pierre ; et elle se souvint aussi de leur hâte devant l'orage, à chercher un abri. Ensuite, il n'y avait plus rien de précis, sa mémoire était embrumée, et le moindre effort pour coordonner ses pensées lui était si douloureux qu'elle ne tenta plus de lutter et laissa ses yeux se refermer. Tout ce qu'elle perçut alors dans son engourdissement bruits de voix et de pas, odeurs et fraîcheurs du soir qui tombait, et jusqu'à cette sensation confuse de n'être plus seule dans la chambre, et d'avoir, par moments, un étranger qui s'inclinait au chevet et la regardait, tout cela parut ne lui parvenir qu'après des étendues sans fin de mystères et de nuit.

D'abord, ce fut le craquement d'une porte qui s'ouvre. Quelqu'un entra dans la chambre, s'avança jusqu'au lit, repartit au bout d'un instant, doucement, sur la pointe des pieds. Un parfum subsista dans l'air, de ce bref passage. Un parfum bizarre, que Lucienne pourtant reconnut pour l'avoir déjà respiré. Après que les pas eussent cessé de frôler le parquet, il y eut, dans une pièce proche, une voix qui, très bas, demanda :

— Eh bien ?...

Tout de suite, la jeune femme reconnut l'accent de Pierre.

Mais quelle était cette voix claire, à l'accent parisien, qui répondit :

— Toujours la même chose. Elle dort.

La première voix reprenait :

— Alors, il n'y a qu'à la laisser dormir. Ce ne sera rien.

— Vous croyez ? répliqua une troisième voix, une voix d'homme celle-là.

A peine l'eut-elle entendue que, tout ensommeillée et toute engourdie qu'elle fût, Lucienne sentit un frisson d'effroi la parcourir.

— Oui, puisqu'elle n'a pas de fièvre, répondit la voix de Pierre .

Quelque part, une horloge, au timbre vieillot, commença à sonner.

— Huit heures, déjà ! remarqua la voix de femme.

Et cette voix d'homme, qui venait de faire frissonner Lucienne, résonna encore :

— Mais oui, c'est huit heures. Et si tu veux allumer, Zézette, je n'y vois pas d'inconvénients.

La voix de Pierre intervint, avec un accent de plaisanterie :

— Dites-moi, Caristoche, ne croyez-vous pas que l'ombre s'accorde admirablement à notre condition ?

Zézette... Caristoche...

Ainsi donc, c'étaient eux qui causaient avec Pierre, dans la pièce voisine !..

La conversation continuait :

— Notre condition, reprenait Caristoche. Expliquez-vous, mon cher ; je n'y suis plus du tout.

— C'est pourtant simple, répliquait Pierre. Ne sommes-nous pas morts, l'un et l'autre? Et, qu'est-ce qui convient mieux aux morts que l'obscurité ?

Un rire fusa, qui fut aussitôt réprimé.

Et la voix de Zézette lança :

— Alors, pourquoi qu'on leur z'y donne des lampadaires à ceux qui viennent de trépasser ?

Un silence se fit ; mais le bruit des paroles persistait encore aux oreilles de Lucienne. Des petits bruits se succédèrent, une chaise heurta la cloison, des pas firent craquer le plancher. Ensuite, Pierre dit, très doucement :

— Si vous mettiez la lampe par ici, cela donnerait un peu de lumière à côté, et j'irais voir Lucienne.

La porte, une deuxième fois, grinça légèrement. Lucienne sentit que quelqu'un, silencieusement, s'approchait, en même temps qu'une clarté effleurait ses paupières. Elle aurait voulu faire un geste, s'agiter tant soit peu, proférer quelques sons. Mais déjà Pierre s'en retournait, à pas feutrés, refermait la porte. La nuit, de nouveau, s'appesantit sur le visage de la jeune femme.

— Ça va, annonça Pierre. Elle dort toujours comme un ange.

Soudain, la voix de Zézette, railleuse, se fit entendre :

— Dites donc, les aminches, est-ce que vous n'avez pas l'intention de dîner aujourd'hui ?

— Oh ! moi, répondit Pierre, je n'ai pas faim.

— Et moi, pas beaucoup non plus, dit à son tour Caristoche. Avec toutes ces émotions... Cependant, on pourrait prendre quelque chose... un bol de bouillon, un verre de vin... Zézette, monte jusqu'à l'hôtel. Pendant ce temps-là, nous mettrons le couvert.

— Oui, riposta Zézette, mais il faudrait me dire ce que vous voulez.

— Oh ! n'importe quoi, trancha l'ex-bohème, ce qu'il y aura... Mais fais vite.

Distinctement, Lucienne entendit le bruit d'une clef dans une serrure, et une porte qui, en s'ouvrant et en se refermant, râclait le plancher. Et tout de suite après, le bruit d'une chaise vivement déplacée, des pas rapides, et encore le râclement de la porte, tandis que, un peu lointaine et affaiblie, la voix de Caristoche interpellait :

— Eh ! Zézette... Zézette !... Surtout n'oublie pas de rapporter des pissenlits !

— Des pissenlits ? questionna Pierre. Vous y tenez beaucoup ?

— Ce n'est pas que j'y tienne. Mais, du moment que nous sommes morts, nous sommes voués à cette nourriture...

Caristoche cessa de plaisanter pour chercher les assiettes, et Rivois, qui s'était replongé dans ses réflexions, fit remarquer au bohème :

— Vous n'êtes pas aussi complètement mort que moi. Il vous manque la consécration officielle, la reconnaissance de votre décès par l'état-civil.

— S'il n'y a que ça !... La consécration officielle, la reconnaissance légale et publique, et les annonces et les articles dans les journaux, c'est bon pour les gens du monde, pour les cocos notoires. Un pauvre diable inconnu comme moi, sans relations, sans célébrité, peut bien s'en aller sans tambours ni trompettes. Et c'est l'ultime satisfaction des génies méconnus : on leur épargne des discours vaselineux qui aident à glisser plus profondément le mort sous la terre. Je ne suis pas mort pour l'état-civil, soit ! Mais je suis mort pour ma concierge, et cela revient tout à fait au même.

Pierre s'éonna :

— Mais comment votre concierge sait-elle que vous êtes mort ?

— Pour ça, je l'ignore ! Ce n'est pas moi qui le lui ai annoncé. Elle aura peut-être rêvé que je lui arrachais les dents et aura pris la clef des songes. Ce qui est certain, c'est qu'elle l'a affirmé, péremptoirement, à un bonhomme, un vieux copain à moi qui était venu me demander, un matin, une dizaine de jours environ après mon départ de la rue Custine... C'est lui-même qui m'a raconté la chose... Et, justement, ce bonhomme aussi est mort, à l'heure actuelle, et l'état-civil n'en sait rien non plus... Ou plutôt, en ce qui le concerne, l'état-civil a commis une erreur.

— Ah çà ! interrompit vivement Pierre, est-ce que ce serait ?...

— Patience, mon cher. Je vais tout vous raconter.

Il se moucha très longuement, toussotta, remua sa chaise, et commença :

— Quand je dis que le bonhomme en question était un vieux copain à moi, j'exagère, puisque nos relations n'ont pas duré un an... Un beau jour, il s'était présenté chez moi, rue Custine. Quelqu'un lui avait parlé du «Cénacle» ; il demandait à en faire partie. Sur le moment, j'en fus épaté. Le « Cénacle », à cette époque, était plutôt déchu et décomposé. Toutefois, je n'aurais pas demandé mieux d'accepter ce candidat inattendu. Faute d'autres mérites plus relevés, il eût pu faire un quatrième à la manille, parce que, bien souvent, on remplaçait les discussions d'art par des parties de cartes... Malheureusement, les statuts s'opposaient à son admission : il n'était ni poète, ni peintre, ni même musicien, il n'avait rien d'artistique : ce n'était qu'un chimiste. Je l'avais déjà oublié, lorsque, deux mois après, il revint me voir, à seule fin, prétendait-il, de m'interroger sur mes travaux, sur mes études. Tout naturellement, cette idée me hantant, nous nous mîmes à parler du suicide... J'étais très fort sur ce sujet, et je n'aurais pas cru que ce chimiste pût en savoir si long, lui aussi... D'ailleurs, dans tout ce qu'il disait, je trouvais un écho de mes propres sentiments. Pour finir, il me confia qu'il était, lui aussi, sur le point de se suicider... Deux choses l'empêchaient encore de mettre son projet à exécution. D'abord, il ne voulait pas mourir sans avoir vu son génie officiellement reconnu et récompensé comme il sied... Oh ! il était modeste, il ne réclamait pas la Légion d'honneur, ni le prix Nobel, mais simplement les palmes et un tout petit prix quelconque de l'Académie des Sciences. Ensuite, ce qui l'embêtait aussi, c'était l'idée de disparaître en laissant sa mère dans le dénuement. Bref, à ce que je compris, il attendait, pour se suicider, d'être devenu glorieux et riche... Et j'allais lui faire observer qu'à ce compte-là il risquait de devenir centenaire, lorsqu'il se leva et me tendit la main... L'idée venait de lui venir d'une expérience sensationnelle... Il allait la tenter tout de suite... Deux ou trois fois, par la suite, je le revis. Un jour que je vadrouillais sur la rive gauche, je le rencontrai. Il voulut alors, à toute force, m'emmener chez lui et me présenter à sa mère... Ils perchaient du côté de la Montagne-Sainte-Geneviève, non loin du Collège de France... Mais je déclinai son invitation. J'avais, pour mon compte, bien assez de soucis... Ce fut justement quelques jours après cette rencontre que, pour mon plus grand bonheur, je fis votre connaissance et mon existence, se transformant miraculeusement grâce à vous, j'oubliai mes mauvaises heures et celles de mon prochain, jusqu'au matin où nous eûmes, chez moi, cette fameuse explication... Dès lors, ce fut fini, il ne pouvait plus y avoir de plaisir pour moi dans l'existence... Dans un coup de cafard, je résolus de quitter mon taudis et de ne plus vous voir de quelque temps, tant que je n'aurais pas retrouvé mon équilibre moral. Un jour, deux jours, ça alla bien. J'avais des distractions nouvelles. J'étais allé me loger du côté du parc Montsouris, un endroit charmant et pas cher... Je me baladais, je visitais le quartier, je me distrayais de mon mieux... Mais voilà, l'ennui ne tarda pas à revenir. Je savais de moins en moins à quoi me résoudre. Les jours passaient. J'avais honte de ma bouderie, et je m'y obstinais quand même... J'aurais bien voulu vous retrouver, et je me disais qu'il valait mieux pas... C'est que, si je vous avais revu, ç'aurait été plus fort que moi : je vous aurais demandé un sursis... Oui, je sais bien que vous me l'auriez accordé de bon cœur, et aussi long que je l'aurais voulu... Seulement, j'avais pris un engagement envers vous, je devais le remplir, scrupuleusement, si dur que cela me pût être... Et j'étais tout à fait résolu, lorsque le hasard eu pitié de moi, et m'envoya, à point nommé, l'inspiration salutaire... Donc, un beau matin, quinze jours environ après mon départ de la rue Custine, j'étais sur un banc, au parc Montsouris, en train de lire mon journal. Mes yeux tombèrent sur une histoire qui venait de se passer en Amérique, à New-York. Vous vous en souvenez peut-être : l'aventure de cet individu qui avait vendu une de ses oreilles à un milliardaire et qui, à son tour, avec la moitié de l'argent reçu, achetait pour lui-même, l'oreille d'un autre pauvre diable...Ce fut pour moi un trait de lumière. Comme c'était simple !... Il fallait un suicidé... Peu importait que ce fût moi ou un autre, pourvu qu'il fût porteur de vos papiers, et assez abîmé pour qu'on ne pût prouver que ce n'était pas vous... Puis le rôle ne me convenait plus, je n'avais qu'à trouver quelqu'un pour me remplacer... Mais voilà, il fallait le trouver, ce quelqu'un, et le temps pressait... Le front dans les mains, j'en étais là de mes pensées quand quelqu'un me frappa sur l'épaule... C'était Callot, mon chimiste!

« — Comment, s'écria-t-il, en manière de préambule, vous n'êtes donc pas mort ? »

« Alors, il me raconta que, la veille, il était allé rue Custine, et que ma concierge lui avait répondu, avec la plus grande assurance :

« — M. Caristoche ?... Mais il doit être mort ! Il est parti de chez lui, voici quinze jours, sans rien emporter, et avec une drôle de figure... Oui, oui, pour moi, il est mort... Il s'est suicidé. »

« Mon ami Callot n'avait pas insisté. La chose lui semblait toute naturelle, même il m'enviait pour cette chance que j'avais eue de pouvoir échapper à toute la pourriture du monde.

« A ce moment, je remarquai que mon bonhomme arborait, à sa boutonnière, un large ruban violet tout flambant neuf. Je m'empressai de l'en féliciter. Il eut un petit rire sarcastique. Je le questionnai ensuite sur la santé de sa chère mère. Il se contenta de hocher la tête d'un air douloureux. Ne sachant plus comment continuer la conversation, je lui demandai s'il trouvait toujours le monde aussi pourri, maintenant qu'on l'avait décoré... Quelle bonne idée j'avais eue! Soudain, le muet retrouva sa langue...

Je l'avais déjà entendue, sa diatribe ! mais, cette fois, quelle véhémence, quelle âpreté, et quelle conviction était dans son accent ! Et quel talent, quelle ingéniosité il mit à varier son thème, à le développer ! C'est ainsi que j'appris que les palmes, c'était lui-même qui venait de se les octroyer, en manière de protestation suprême contre la pourriture universelle, et pour donner à tous l'exemple de la justice... Et bientôt il allait témoigner, non

— *Je parie que tu en sais plus long que tu ne l'avoues* (p. 40).

moins publiquement de sa haute sagesse, en quittant à jamais ce monde gangrené.

« — Et votre pauvre mère, » objectai-je.

« Du coup, son exaltation tomba.

« — Ah ! oui, ma mère... ma pauvre mère. Si j'avais... »

« Je n'hésitai plus... Sans le laisser finir sa phrase, tranquillement, je lui proposai ma combinaison. Il m'écouta jusqu'au bout. Et quand j'eus fini :

« — Cela me plaît, déclara-t-il... Vous êtes un brave garçon... Du moment que ma mère ne manquera de rien, je vous donne ma parole d'honneur que, le 2 avril prochain... »

A ce moment, Caristoche fut de nouveau interrompu par Pierre :

— J'y suis maintenant. Je comprends pourquoi certains journaux ont annoncé que j'étais officier d'académie. Et je comprends pourquoi aussi vous me disiez que l'idée vous était venue d'Amérique... Toutefois, il y a un détail qui m'intrigue encore, là-dedans.

— Vous vous demandez sans doute où j'ai pris l'argent pour payer mon remplaçant, riposta Caristoche. Vous savez, je ne l'ai pas payé bien cher. Il faut que je vous l'avoue, cet argent représentait mes économies des trois ou quatre mois précédents... J'avais eu l'intention de laisser un petit souvenir à Zézette. Et puis aussi, j'avais eu la chance de gagner aux courses une dizaine de fois.

Ce furent les dernières paroles que Lucienne entendit distinctement. Il y eut, encore une fois, l'horloge, au timbre vieillot, qui se mit à sonner quelque part, très loin, dans le silence bourdonnant. Un peu plus tard, Zézette, s'étant approchée sur la pointe des pieds du lit de Lucienne, se pencha, puis, doucement s'en revint dans la pièce où Pierre et Caristoche sirotaient leur café.

— Eh bien ?... demanda Pierre.

— Eh bien ! répondit- elle, c'est épatant !... Elle dort toujours.

En effet, Lucienne dormait, pour tout de bon, cette fois.

## IV

### UN MOIS APRÈS

Décidément, je trouve que notre existence, ici, à tous les quatre, ressemble singulièrement à celle que nous menions cet hiver à Paris..., sauf que c'est presque tout le contraire.

Sur ces mots, Caristoche se renversa sur sa chaise, allongea ses jambes, fourra ses pouces dans les entournures de son gilet et sourit au ciel avec béatitude.

Dans le petit jardin, un peu fruste et désordonné, qui s'étendait derrière la maison où logeait l'ex-bohème, ils achevaient de dîner. Une grosse lanterne en papier, toute ronde, d'un beau jaune d'or avec des lunes rouges, qui pendaient aux arceaux de la tonnelle, parmi des feuillages vert pâle, comme un fruit féerique, éployait sur la table et sur les convives sa lumière de fête. L'heure était d'une douceur idyllique et divine, pourtant Caristoche refusait de la goûter dans le recueillement. Caristoche depuis sa mort, n'était plus poète. Et, comme pas un de ses trois compagnons n'avait paru entendre sa boutade, il insista, s'adressant plus particulièrement à Pierre Rivois qui était assis en face de lui :

— Est-ce que je n'ai pas raison, dites ?... Pas plus que l'hiver dernier, nous ne saurions passer un jour les uns sans les autres, et nous ne mangerions rien de bon cœur si nous n'étions tous les quatre à la même table. Où ça change, c'est dans les détails. Ce n'est plus le soir que nous nous retrouvons, mais le matin, et parfois même de très bonne heure. Ensuite, aux fastueux restaurants de nuit, aux boîtes à tziganes et à femmes, nous préférons, pour nos réunions, pour nos causeries et nos agapes, cette humble demeure, ou la vôtre, ou quelque auberge du village... Ajoutez à cela, Lucienne, que nous témoignons, dans notre tenue, d'un mépris complet de la mode en tout ce qu'elle a de gênant, que nous laissons pousser notre barbe, que nous fumons vulgairement la pipe, et remarquez enfin, ce qui est la chose la plus admirable de toutes : nos femmes ne se maquillent plus !

Pauvre Caristoche ! Sa verve, ce soir, ne produisait pas le moindre effet. Personne ne rit, personne ne parla. Zézette, sans bruit, s'occupait à desservir. Pierre, d'un air distrait, se curait les dents avec un bout d'allumette.

Quant à Lucienne, on eût juré qu'elle n'avait pas entendu un seul mot de tout ce que venait de dire l'ancien Montmartrois. Un peu à l'écart de la table, lentement, elle se balançait sur sa chaise. Ses yeux se fixaient dans la direction de la lanterne jaune, mais il était bien certain que leurs regards ne s'arrêtaient pas là, et les pensées de la jeune femme, également, n'étaient pas ici.

Tout en bourrant sa pipe, Caristoche commença à s'inquiéter. Depuis quelque temps il arrivait souvent à Lucienne d'être mélancolique ! Elle opposait alors une dénégation formelle, tantôt souriante, avec une sorte de surprise ingénue, tantôt d'un air de lassitude et d'énervement. Et cela datait presque du jour où le bohème réapparut à ses anciens amis, pareil à un fantôme parmi les lugubres clartés de l'orage.

A son réveil, le lendemain matin, dans le lit de Caristoche, reposée et lucide, elle avait écouté, sans trop de surprise ni de terreur, le récit de la mort et de la résurrection du poète. La joie qu'elle avait témoignée de revoir Alcide et Zézette n'était certes pas feinte. Et, pendant la semaine suivante, elle avait été assez exubérante. Le retour d'Alcide faisait diversion, d'une manière très agréable et très opportune, dans l'existence trop quiète, et fade à la longue, qu'elle menait avec Pierre.

Mais pourquoi donc, leur nouvelle vie réglée, avait-elle commencé à prendre cet air singulier où il y avait de la tristesse, de l'impatience mal contenue, de l'ennui, et peut-être, qui sait ? des regrets vagues.

Caristoche songeait à cela, tout en fumant sa vieille pipe. Il songeait, mais il ne réfléchissait pas. Il entremêlait sans ordre ce qu'il avait pu constater lui-même, et ce que Pierre, dans de brèves demi-confidences, lui a rapporté.

Devant ses amis, Lucienne se contenait encore ; mais, seule avec son amant, elle ne cherchait plus à dissimuler sa tristesse ni sa fatigue. Quel changement s'opérait en elle, de jour en jour plus accentué ! La tendresse, l'attachement, toujours solide et sincère de Pierre, ne pouvaient rien contre cette hypocondrie inexplicable.

. . . . . . . . . . . . . . . . . . . . . . . . . . . . . . . .

Une huitaine de jours plus tard, au cours d'une promenade, et tandis que les deux jeunes femmes s'attardaient à cueillir des fleurs, Pierre dit tout à coup à Caristoche :

— Décidément, je crois que vous avez raison ; il me semble qu'il ne faut pas chercher à comprendre avec les femmes.

A quoi le bohème, gravement, riposta :

— Il faut se contenter de savoir les aimer.

Pierre soupira :

Qu'importe que nous les aimions, si nous ne savons pas les rendre heureuses. Ainsi Lucienne...

Il n'acheva pas sa phrase. Une angoisse inexplicable montait en lui, comme un flot d'ombre. Et il lui parut que le crépuscule avait pris une voix pour lui rappeler que tout a une fin : les plus belles journées, les plus belles amours, et que les couples fatalement se désunissent... Lucienne ! Lucienne ! Il la voyait se détacher de lui, s'éloigner, disparaître.

A ce moment, Zézette questionna :

De quoi parliez-vous donc tous les deux ?

Caristoche, d'un ton presque indifférent, répondit :

Des fêtes, tout simplement.

Ah ! oui, fit Lucienne, ces fameuses fêtes du millénaire de l'Abbaye. Depuis le temps qu'on s'en occupe !... Tu te souviens, Pierrot, lorsque nous sommes arrivés ici, il en était déjà question.

En effet... Eh bien ! les voilà tout de même venues. Encore cinq jours.

C'est pas trop tôt, s'écria Zézette, que l'on puisse rigoler un peu !... La campagne, toujours la campagne !...

Oh ! toi, riposta Caristoche, tu es un type dans le genre du fils du pélican. Le sixième jour que son père s'ouvrait les flancs pour le nourrir, il ronchonna : « Des tripes ! Encore des tripes !! »

Ici, déclara Zézette, c'est du ciel bleu, toujours du ciel bleu. On pourrait peut-être y ajouter quelque chose... Enfin, heureusement que les fêtes arrivent pour qu'on puisse rigoler !

— Rigoler, rigoler, fit alors Caristoche, d'un air tout à fait incrédule. Un congrès archéologique, des solennités religieuses... si tu trouves cela rigolo, toi!

— Et la cavalcade, donc!... Qu'est-ce que tu en fais de la cavalcade?

— Quelle cavalcade ?... Tu veux peut-être parler des défilés de savants plus ou moins fameux, de membres d'instituts variés ou d'académies de province.

Lucienne intervint doucement :

— Voyons, Caristoche, vous savez bien qu'il s'agit du cortège historique : l'entrée de Saint Louis à Cluny, en 1245.

— Ah ! pour ça, s'exclama le bohème, ce sera peut-être comique... Je vois d'ici l'allure du bonnetier d'en face chez nous, par exemple, avec son gros ventre et ses tibias desséchés, déguisé en premier chevalier de retour la croisade ! Et la bouchère du quartier du Merle, imposante en dame d'honneur de Blanche de Castille, et le notaire en moutardier du pape !

— Oh ! tu peux charrier ! interrompit Zézette avec vivacité. Ça ne sera peut-être pas aussi moche que tu le supposes... D'abord, il n'y aura pas que ton bonnetier et ton notaire et ta bouchère, de déguisés. Tous les gens chics du département le seront aussi : des monsieur de..., des comtes, des marquis, et leurs femmes, et leurs filles. Jusqu'aux enfants du député !

— Sérieusement, fit Pierre, je crois que ce cortège vaudra la peine d'être vu. Ceux qui l'organisent sont des gens de goût, des gens instruits. Et ceux qui doivent y figurer n'ont reculé devant aucun frais, paraît-il, pour leurs costumes, le harnachement de leurs chevaux. Tout le monde s'accorde pour dire que ce sera le clou de la fête.

— Alors, il faudra faire bien attention, dit le bohème de son air convaincu, parce que les clous, vous savez, ça déchire, ça égratigne, ça peut même faire de vilaines blessures.

Et, remarquant le sourire narquois de ses compagnons, il ajouta, d'un ton péremptoire :

— Non, non, je ne rigole pas, moi. Je parle très sérieusement, au contraire.

## V

### CE QUE L'ON N'AVAIT PAS PRÉVU DANS LE PROGRAMME DE LA FÊTE

Allons ! Allons ! Dépêchons-nous un peu, sans quoi nous arriverons quand tout sera fini.

Lucienne s'impatientait. Vraiment, ses trois compagnons ne semblaient guère pressés de se frayer un passage à travers la foule.

Zézette, d'un air réfléchi, écoutait les explications que, depuis cinq minutes, lui prodiguait copieusement Pierre, sur l'histoire de cette fameuse Abbaye de Cluny dont on fêtait le millénaire, comme si toutes ces histoires de moines, ces descriptions de bâtiments immenses, merveilleux, dont il ne reste que des débris, pouvaient avoir un intérêt quelconque pour une ancienne habituée des boîtes de nuit de Montmartre. En fait d'abbaye, celle de la place Pigalle devait lui suffire.

Quant à Caristoche, il musait à son ordinaire, il s'arrêtait le nez au vent, il considérait gravement les arceaux de buis, les mâts enrubannés, les façades pavoisées, les ruines enserties de lierre, les guirlandes de fleurs aux fenêtres, les rues voûtées de verdure.

De plus en plus, Lucienne les priait de se presser, et cependant elle avait une envie de folle de filer en avant toute seule, de ne plus s'occuper d'eux. Ils la retrouveraient toujours. D'ailleurs pour le plaisir qu'elle goûtait avec eux depuis quelque temps !...

Peut-être Pierre devina-t-il les intentions de sa maîtresse, puisqu'il mit fin à sa petite conférence pour remarquer :

— Tout ça c'est bien beau, mais Lucienne a raison. Nous allons arriver trop tard. Hop là ! Alcide, en avant donc !

Le bohème fit l'effort de s'arracher à ses contemplations. Il bouscula quelques personnes et parvint à côté de Pierre. Alors, il souffla et s'essuya le front.

— C'est qu'il fait une de ces chaleurs ! ronchonna-t-il.

— Raison de plus, répliqua Pierre. Nous aurons de l'ombre dans les jardins de l'Abbaye.

C'était facile à dire. La foule refusait de se laisser pénétrer et distancer par eux. Le plus souvent, ils étaient obligés de marcher à la file indienne, Pierre premier, ensuite Zézette, et puis Caristoche. Et Pierre jouait des coudes, s'insinuait ; on le rabrouait, on le repoussait, des gens se fâchaient, mais il fallait rattraper Lucienne, dont le chapeau seul, un large chapeau de paille blanche, orné de soie écarlate, demeurait visible, à une dizaine de mètres en avant.

Enfin, on fut devant l'Abbaye. La galerie de la façade du pape Gélase était noire de monde et la foule se pressait dans les jardins, en dépit du service d'ordre. Dans cette bousculade, une dernière fois le chapeau de Lucienne apparut du côté de l'estrade où se tenait déjà le pape Innocent IV parmi les cardinaux, les abbés, les évêques, les moines. Robes de pourpre, robes violettes, robes blanches, surplis de dentelles, chapes d'orfroi, mitres rutilantes, crosses et croix scintillantes de cabochons, composaient un tableau extraordinaire et merveilleux.

Du coup, l'énervement de Zézette tomba. De tous ses yeux, de toute son âme simpliste, elle admira :

— J'avais vu le bal des Quat'z'Arts, fit-elle, mais ça, c'est encore plus beau !

Il s'agissait de retrouver Lucienne. On ne savait plus de quel côté elle était passée. Le trio avait beau se hausser sur la pointe des pieds, regarder à droite, à gauche, en avant, en arrière, il n'apercevait plus nulle part la robe rose ni le large chapeau de paille blanche au ruban écarlate.

— Ma foi, tant pis, dit Pierre, d'un ton las, nous la retrouverons quand ce sera fini.

— Et puis, ajouta Caristoche, comme s'il eût deviné ce que pensait Pierre, maintenant que nous sommes au premier rang, ne bougeons plus. D'ici, nous verrons très bien.

On entendit au loin éclater des sonneries de trompette, joyeuses et stridentes.

— Euh ! euh ! remarqua Caristoche, elle me semble rudement moderne, la musique du roi saint Louis.

Brusquement, il changea de ton, et, saisissant le bras de Rivois :

— Dites donc, fit-il, est-ce que ce n'est pas Lucienne, là-bas ?

— Où ça ? demanda Pierre.

— Près de l'estrade, à côté du pape et d'un cardinal.

— Oui, c'est elle... Mais, qu'est-ce que cela signifie ?... On dirait qu'elle est en grande conversation avec ces personnages.

— C'est ma foi vrai, ajouta Zézette... Oh ! là ! là ! ma chère, elle en a des relations épatantes, votre bonne amie !

Piere n'entendit pas ces dernières paroles. Insoucieux de perdre sa place, il ne pensait plus qu'à rejoindre Lucienne. C'était ridicule, c'était stupide, il le sentait bien, seulement, c'était plus fort que lui. Cela l'inquiétait de voir sa maîtresse parler ainsi familièrement, à ces deux individus déguisés qu'il ne connaissait pas. Il joua des coudes, se hâta autant qu'il le put dans cette foule compacte. Mais, parvenu à quatre pas du groupe, il s'arrêta hésitant, car il venait d'entendre la voix de Lucienne, et sa curiosité lui conseillait d'écouter.

— Mais, dites moi, cher monsieur, questionnait Lucienne, je vous croyais marié ?

De l'endroit où il était, Pierre pouvait examiner à son aise celui que Lucienne interpellait.

C'était un homme assez grand, de visage encore jeune, de traits agréables. Autant qu'il était possible d'en juger d'après la rouge soutane, il devait être d'allure élégante.

— En effet, j'ai été marié, répondit-il à Lucienne. Mais, voici près de deux ans que j'ai perdu ma femme.

A ces paroles, chose étrange, Lucienne sursauta.

— Vous en êtes bien sûr ? s'écria-t-elle.

— Il me semble que oui, fit le cardinal, visiblement surpris.

— C'est que, repartit Lucienne, on suppose souvent que des gens sont morts, alors qu'ils vivent comme vous et moi.

— Je ne vous comprends pas.

— Je vous expliquerai cela plus tard. C'est un peu long. En attendant, moi, aux cadavres, je n'y crois plus.

Une stupeur comique se peignit sur le visage de l'éminent et faux ecclésiastique. Interloqué, il ne savait plus quoi dire. Heureusement, l'autre personnage, celui qui faisait le pape intervint.

— Excusez-nous, madame, dit-il à Lucienne. Il est temps, je crois, que nous allions prendre nos places sur l'estrade. Le cortège de Sa Majesté ne va pas tarder à passer.

Il s'inclina pour saluer la jeune femme. Le cardinal, à son tour, prit congé, après avoir effleuré de ses lèvres la main que Lucienne lui tendait.

D'autres sonneries de trompettes éclatèrent. Une acclamation énorme monta de la foule. Lucienne alors, dans le mouvement qu'elle fit pour voir le cortège, aperçut Pierre. Elle ne réprima pas un geste de surprise.

— Tiens ! tu étais donc là ?

— Oui, et cela m'a permis de te surprendre en grande conversation avec un cardinal.

Elle expliqua :

— C'est une rencontre singulière... Figure-toi que ce cardinal est un vieil ami de ma famille, Maurice d'Eulmont. Je t'en ai peut-être parlé déjà ?

— Je ne crois pas.

— Eh bien ! je t'en parle aujourd'hui... Il y a quatre ans, au moins, que l'on s'était perdu de vue. C'est un homme délicieux. Certes, je ne m'attendais guère à le rencontrer ici, et dans ce costume.

— Bien ! bien ! fit simplement Pierre.

Ce n'était pas le moment de bavarder. Escortés d'arbalétriers aux casques jaunes, que conduisait un sergent d'armes, raide comme un pieu dans sa gaine de cuir et sa cotte de mailles, les trompettes venaient de franchir le porche du monastère, et tous les échos de la vieille façade et du cloître répercutaient à l'infini les fanfares de cuivre. Voici que s'avançaient, pour s'arrêter et se former en double haie, les écuyers, les hérauts aux pourpoints de cuir, aux chausses de drap et de velours. Les cuirasses, les morions et les salades scintillaient au soleil. Les soldats passés, s'avançaient les échevins en longues robes bordées de fourrure, les massiers solennels, les sonneurs de cloches. Puis, des écuyers encore, des porte-bannières, enfin, sur leurs chevaux richement caparaçonnés qui piaffaient et hennissaient, toute la troupe prestigieuse des seigneurs de France, d'Aragon, de Castille et la noblesse de l'ancienne Byzance. Maintenant, c'était le fauconnier, tout engainé de cuir, les fifres qui modulaient leurs notes aigres, les pages, gracieux et sveltes.

Enfin, pâle sous ses longs cheveux blonds auxquels la couronne semblait peser, le doux roi Louis, majesté gracile, dont le long manteau bleu s'éployait sur la coupe du fringant destrier, la reine Blanche, au visage austère, la souriante et gracieuse princesse Isabelle, et des pages encore, blanc et azur, et d'autres seigneurs, vêtus de pourpre, bardés de fer, et les dames d'honneur, qui souriaient aux acclamations de la foule, bleues, blanches, roses, avec leurs hennins bordés d'hermine et leurs voiles légers qui flottaient. Et, pour clore le défilé, l'empereur et l'impératrice de Constantinople, étincelants de tous leurs joyaux, rutilants de tous leurs ors, et d'autres chevaliers, et d'autres demoiselles d'honneur, et des hommes d'armes, des bourgeois, des manants à perte de vue.

Ce fut tout juste si Pierre put voir déboucher la fin du cortège. Une brusque poussée de la foule l'entraîna. Il fut de nouveau séparé de Lucienne. Autour de lui, il ne contemplait plus que des vestons, des redingotes sombres, des chapeaux noirs, des robes de femmes, mesquines après cette éblouissante vision de somptuosités d'autrefois.

De tous côtés, Rivois cherchait des yeux sa maîtresse. Ne l'apercevant pas, il circula à travers les jardins, pour finir par la découvrir tranquillement assise sur une chaise, derrière l'estrade.

— Enfin, je te déniche, fit-il en l'abordant.

— Il y a pourtant un bon moment que je suis ici, répliqua-t-elle. J'étouffais dans cette cohue et je m'en suis dépêtrée assez difficilement... Eh bien, qu'as-tu fait de Zézette et de Caristoche ?

— Je ne sais pas. Ils étaient avec moi tout à l'heure.

— Peut-être sont-ils en train de nous chercher. Tu devrais aller voir.

— J'y vais... Et toi, tu restes là ?

— Oui, je me repose.

Se souciant peu de revoir le bohème et la petite Montmartroise, elle avait besoin d'être seule, afin de songer à son aise à celui que le hasard venait de remettre en sa présence d'une façon si imprévue.

Maurice d'Eulmont! Que de souvenirs ce nom évoquait en elle! Des souvenirs très doux, à peine teintés de mélancolie, qui la ramenaient aux temps les plus heureux, aux plus belles années de sa vie, celles de sa jeunesse, où elle souriait, avec confiance aux promesses de l'avenir.

Ses parents et ceux de Maurice se connaissaient de longue date, se fréquentaient intimement. Dans ses rêves de jeune fille, l'avenir n'avait-il pas eu, à certains moments, le visage et la voix de Maurice? Le destin en décida autrement. Des événements imprévus séparèrent les deux familles, des années passèrent. Lorsque Lucienne revit Maurice, elle était, depuis dix-huit mois, l'épouse de M. Muzeray, et lui-même était sur le point de se marier.

Et, tout à l'heure, brusquement, elle s'était trouvée en face de lui....

C'était à peine si, ensuite, ils avaient eu le temps de se dire quelques mots, de satisfaire leur mutuelle curiosité. Le pape était venu les interrompre, Maurice avait dû la quitter appelé par son rôle. Mais elle allait le revoir bientôt, il lui en avait donné l'assurance. Et n'était-ce pas beaucoup, déjà, de l'avoir retrouvé tel qu'il était jadis, aussi séduisant, aussi empressé?

Un émoi très doux faisait palpiter Lucienne. Il lui semblait encore sentir sur sa main les lèvres de Maurice. Toute à cette griserie, elle ne vit pas Pierre qui venait à elle entre Zézette et Caristoche.

— Nous voilà! s'écria Rivois. Tu ne t'es pas trop ennuyée, au moins, en nous attendant?

Elle tressaillit, surprise et irritée de ce brusque retour à la vie quotidienne.

— Non, pas du tout, répondit-elle avec une douceur qu'il lui fut agréable de feindre maintenant qu'elle avait un si cher secret.

— J'ai eu de la chance, reprit Rivois. Je les ai retrouvés presque tout de suite. D'ailleurs, ils n'avaient pas perdu leur temps ils avaient déjà fait la connaissance d'un opérateur de cinématographe venu de Paris pour les fêtes. Il paraît que cela fera un film sensationnel.

Ah! si Pierre avait pu se douter à quel point ce

film allait être, en effet, sensationnel pour certaine personne, bien sûr qu'il se fut mis à courir après l'opérateur pour lui arracher des mains la boîte de cuir où étaient enfermées les bandes qui perpétueraient, pour des milliers de spectateurs, les péripéties de la cérémonie.

. . . . . . . . . . . . . . . . . . . . . . . . . . .

Parce que la curiosité du public parisien est impatiente de la moindre chose d'actualité, le surlendemain on lui offrait les fêtes du Millénaire de l'Abbaye de Cluny dans un cinéma des boulevards.

Joachim Fournier, qui flânait par là, après son déjeuner, lut machinalement le programme détaillé sur la pancarte. A force d'échecs, de contre-temps, d'ennuis, d'obsessions de toutes sortes, il en était presque arrrivé à ce degré de lassitude et de désespoir où les uns se suicident, où d'autres s'abandonnent à l'absinthe, à l'éther ou à la cocaïne. Ce n'est là qu'une question de goût. Lui, plus pondéré, décida d'entrer au cinéma.

Un quart d'heure ne s'était pas écoulé, qu'il ressortait de la salle avec précipitation et sautait dans un taxi-auto pour se faire conduire chez Blanche Rivois.

La terrible veuve le reçut d'un bref et malgracieux :

— Tiens! c'est vous, quel vent vous amène?

De la voir ainsi, à son ordinaire hautaine et revêche, avec son indifférence pleine de mépris, Joachim, d'un seul coup, retrouva son flegme et son aisance.

— Chère madame, commença-t-il, vous m'excuserez, je l'espère, d'être venu vous déranger. L'extrême importance de ce que je dois vous communiquer m'y a seule contraint. M. Rivois, votre époux, est toujours vivant.

Blanche eut un petit mouvement d'impatience. Elle connaissait cette antienne à laquelle le détective manquait toujours de donner des précisions.

Mais cette fois, Joachim avait des vérités à dire, Il scanda :

— Je sais où est votre mari, ce qu'il fait, ce que fait aussi Mme Muzeray, ou plutôt, pour être tout à fait exact, où ils étaient et ce qu'ils faisaient avant-hier dimanche.

Mme Rivois se leva, vint à lui, et, lui parlant sous le nez :

— Au moins, si tu m'étalais cette preuve sous les yeux, triple buse !

— Qu'à cela ne tienne, chère madame... Les chevaux-vapeur qui m'ont conduit vers vous sont toujours en bas. Si vous voulez bien prendre la peine de mettre un chapeau et de les enfourcher, nous pouvons être au cinéma dans un quart d'heure.

Une décharge électrique ou l'explosion desdits chevaux-vapeur n'eussent pas produit un tel effet sur la physionomie de Blanche.

— Au cinéma ! s'écria-t-elle. Non, mais je voudrais bien savoir ce que j'aurais à faire, à cette heure-ci, dans un cinéma ?

— Simplement à constater que votre petit Joachim est désormais sûr de son flair et de sa science.

— Mais cela ne m'explique pas pourquoi vous voulez m'emmener au cinéma.

— Si fait, parce que là, dans ce cinéma d'où je viens, vous verrez l'image très nette, animée et mouvante de M. Rivois... Et celle également de Mme Muzeray, cette dernière en train de se laisser baiser amoureusement la main par un cardinal.

Blanche perdit patience.

— Ah ! çà, lança-t-elle d'un ton courroucé, m'expliquerez-vous ce que signifie cette sotte histoire ? Qu'est-ce qu'un cardinal peut bien avoir à faire là-dedans ?

Joachim Fournier redevint digne.

Une chose presse plus que le cinéma : C'est de poursuivre nos fugitifs maintenant que leurs traces, toutes récentes, sont retrouvées. Et je ne vois pas de meilleure preuve à vous fournir que ces deux fugitifs en chair et en os... Quand vous serez en leur présence, peut-être alors reconnaîtrez-vous que j'ai eu raison. Donc, excusez-moi si je prends congé de vous. J'ai un train dans une heure et demie, et je ne voudrais pas le manquer.

— Eh bien, faites comme vous l'entendrez, bougonna-t-elle. Je ne vous demande pas même de me dire l'endroit où vous conduiront vos pas.

— Où je vais ? répliqua vivement Joachim, mais, pas bien loin d'ici, en Saône-et-Loire, à Cluny... J'y serai cette nuit, et, pour peu que la chance me favorise, demain, je l'espère, je pourrai vous envoyer des nouvelles de M. Rivois.

Il avait à peine passé la porte que Blanche ne put tenir en place. Si Fournier ne s'était pas leurré ? La perspective de la résurrection de son mari la mettait sur des charbons ardents. Eh quoi, n'était-elle pas tranquille dans son veuvage? Allait-elle se laisser ravir un à un les privilèges de sa liberté ?... Et puis, cela l'agaçait, à la fin, cet acharnement de Joachim à retrouver Pierre. Est-ce que, celui-là aussi ?... Ce n'était pas une raison parce qu'elle avait, une première fois, aimé un misérable qui l'avait lâchée pour que tous les hommes qu'elle aimerait fussent des misérables. Il suffisait d'ailleurs qu'elle soupçonnât Joachim de se lasser d'elle pour qu'elle résolût de s'accrocher à lui.

Au milieu de la nuit, une idée lui traversa la cervelle. Elle sauta du lit, courut chercher un indicateur, le feuilleta fébrilement. Ayant trouvé ce qu'elle cherchait, elle sonna sa femme de chambre.

— Préparez tout de suite ma valise et mon sac de toilette, lui ordonna-t-elle. Je prends le train dans cinq heures. Vous mettrez juste ce qu'il me faut de linge pour trois ou quatre jours... Non, pas de robes ni de chapeaux, je me contenterai de mes vêtements de voyage.

## VI

### CEUX QUI VIENNENT, CEUX QUI S'EN VONT

La vie est un fleuve de boue, dans lequel on ne peut plonger qu'avec le scaphandre du j'menfichisme, monologuait Caristoche, en part, je me serais bien dispensé de la corsortant de chez lui ce matin-là. Pour ma vée qui m'échoit... Aller voir cette espèce de policier, ce détective de malheur ! Moi qui ne peut sentir tout ce qui touche à la police !... Enfin pour Pierre...

C'était, en effet, comme ambassadeur de Rivois que Caristoche se rendait auprès de Joachim Fournier.

La surprise de celui-ci, ayant même qu'Alcide lui eût exposé le but de sa visite, fut immense.

— Ainsi donc, monsieur, dit-il au bohème, non seulement vous savez qui je suis, mais encore vous prétendez connaître l'affaire qui m'amène à Cluny ?... Vous m'en voyez étonné... Je suis arrivé hier au soir à neuf heures et demie, je n'ai encore parlé qu'à mon aubergiste. Réellement, je serais curieux d'apprendre qui vous êtes.

— Qui je suis ? répartit Caristoche. Un ami de M. Rivois, tout simplement. Et c'est de lui que je viens vous entretenir.

— Alors, j'en reviens à ma question de tout à l'heure : comment se fait-il que M. Rivois soit déjà au courant de mon arrivée ?... Est-ce qu'il me ferait surveiller par hasard ?

— Ces petites manières-là ne sont pas dans sa nature. D'ailleurs je n'irai pas par quatre chemins avec vous... Si habile que vous soyez, vous avez été imprudent, hier soir, monsieur Fournier. En débarquant, au lieu de prendre l'omnibus pour aller à l'hôtel, vous avez préféré vous y rendre à pied. Or, dans un café près de la gare, il y avait deux consommateurs. Et vous, vous êtes arrêté juste devant ce café pour allumer une cigarette... Ce, c'était gentil de faire de la lumière pour que ces consommateurs puissent vous reconnaître... Que voulez-vous, monsieur, le hasard ne peut pas toujours servir les policiers; il faut bien que, de temps en temps, il favorise les autres gens.

— Et, naturellement, grommela Joachim, Rivois, m'ayant aperçu, n'aura pas attendu pour s'éloigner d'ici. Et votre visite n'a pas d'autre but que de me retenir pour assurer sa fuite.

Il avait parlé avec une profonde amertume, visiblement accablé par ce nouveau coup de sa mauvaise fortune.

Mais Caristoche répondit :

— Tranquillisez-vous, M. Rivois est toujours ici. Et c'est lui qui m'envoie vous trouver.

— Je ne comprends pas bien.

— Je vais être clair : logiquement, M. Rivois a pensé que, si vous êtes ici, c'est parce que vous avez appris qu'il s'y est réfugié.

— Et cela ne lui a pas donné l'envie d'en repartir aussitôt ?

— Pas du tout. Il croit qu'il est un excellent moyen d'arranger les choses. Il vous connaît, il vous apprécie, il sait qu'il est inutile de lutter avec vous de finesse et d'habileté, et que, l'ayant retrouvé cette fois, malgré tout ce qu'il avait fait pour assurer sa sécurité et son incognito, vous le retrouverez toujours.

— Il me flatte, murmura Joachim, visiblement satisfait.

— Donc, reprit Caristoche, il estime préférable de s'arranger une bonne fois avec vous. Il m'a raconté ce qui s'était passé entre vous et lui, l'an dernier, à Lausanne.

— Ah ! oui, je vois maintenant où M. Rivois voudrait en venir. Mais a-t-il bien songé, avant de me faire cette proposition, à tous les événements qui sont survenus depuis lors, et qui ont modifié complètement la situation ?... Ce qui était possible jadis ne l'est plus aujourd'hui. M. Rivois doit s'en douter s'il se souvient du dernier entretien que j'ai eu l'honneur d'avoir avec lui, à Paris.

— Oui, je sais, je suis au courant. Vous voulez faire allusion aux... relations que vous avez eues avec Mme Rivois. Est-ce que, par hasard, cela durerait toujours ?

— Ah ! mon pauvre monsieur, si cela dure ? Tenez, j'aime mieux vous l'avouer, d'un seul coup, franchement... Je ne me suis acharné à la recherche de M. Rivois que pour échapper moi-même à la pire de toutes les éventualités... Non, mille fois non, je ne veux pas devenir l'époux de Mme Rivois. Et, pour cela, je n'ai qu'un moyen : retrouver M. Rivois et le rendre à sa femme. Vous admettrez que, puisque je le tiens enfin, je ne lâcherai pas.

— Vous le tenez, vous le tenez... répliqua froidement Caristoche; c'est une façon de parler... D'abord, vous savez aussi bien que moi qu'il est mort.

— Voyons, mon cher monsieur, répliqua doucement Joachim, vous ne pouvez, de bonne foi, m'opposer cet argument-là, ni croire que je m'y arrêterai... Pour mieux vous convaincre, faut-il que je vous dise le nom de l'individu qui s'est jeté de la tour Eiffel avec les papiers de M. Rivois dans sa poche ?... Ce nom, vous n'êtes peut-être pas sans le connaître, vous aussi ?

Caristoche trembla de la crainte d'en entendre davantage.

Ainsi, ce diable de détective était au courant de toute la machination combinée pour le pseudo-suicide de Pierre ! Et il avait tout l'air de savoir aussi le rôle que lui, Caristoche, avait tenu dans cette machination. Il n'y avait plus qu'à en passer par où il voudrait. C'était gai d'en arriver là après tant de fuites, de morts, vraies ou feintes, de folles aventures.

Le bohème cherchait comment formuler en termes assez dignes sa capitulation. En face de lui, calme et souriant, le policier semblait attendre. Soudain, celui-ci tourna la tête du côté du couloir. On eût dit qu'il tendait l'oreille.

— Ah bien ! par exemple, il ne manquerait plus que ça ! fit-il à mi-voix.

D'un regard intrigué, Caristoche quêta une explication. Mais Joachim dédaigna de satisfaire sa curiosité et parut de plus en plus attentif aux bruits de l'hôtel. Faute de mieux, Caristoche écouta lui aussi.

D'abord, il n'entendit rien de bien extraordinaire. Au-dessous d'eux, au rez-de-chaussée, dans la salle à manger, deux personnes parlaient vivement, une femme et un homme, à en juger par les voix, et l'homme devait être le patron de l'hôtel. Puis, brusquement, la porte de la salle à manger fut ouverte, les voix devinrent plus distinctes. Maintenant on percevait nettement une voix de femme :

— C'est bon, c'est bon ! Ne vous dérangez pas. Je trouverai bien !

L'hôtelier objectait :

— Mais je crois qu'il est occupé, Madame. Il y a un monsieur avec lui.

— Cela n'a aucune importance, répliquait la femme. J'attendrai s'il le faut. Je veux au moins lui faire savoir que je suis ici.

Et elle grimpa l'escalier.

Le détective se leva vivement.

— Cela ne pouvait mieux tomber, fit-il à Caristoche. Si je ne m'abuse, voici justement Mme Rivois, en personne. Vous allez pouvoir vous expliquer avec elle, tout à votre aise.

Sur ces derniers mots, il ouvrit la porte. Une seconde plus tard, Blanche Rivois entrait délibérément dans la chambre.

— Eh bien ! mon petit Joachim, s'écriait-elle, dès le seuil, vous ne m'attendiez guère, je parie ?

Ayant posé son sac de voyage sur une chaise, elle s'avançait vers Fournier, les mains tendues. Caristoche, discrètement, s'éclipsa dans un coin de la chambre.

— En effet, madame, répondit Joachim, j'étais loin de me douter... J'espère que vous avez fait bon voyage... Mais veuillez donc prendre la peine de vous asseoir, et permettez que je vous présente...

Il tendit la main du côté d'Alcide.

— Monsieur est un ami de M. Rivois... Il était justement en train de me parler de lui.

— Et puis après ? grinça Blanche, avec ce ton désagréable qui la caractérisait.

— Après ? chère Madame. Eh bien, il va pouvoir vous donner de M. Rivois des nouvelles récentes, puisqu'il l'a vu, pour la dernière fois, ce matin même.

— Ah çà ! s'écria la jeune veuve, en fixant alternativement les deux hommes, c'est une plaisanterie, je suppose ?

— Une plaisanterie ? se récria aussitôt le détective. Comment pouvez-vous supposer que nous ayons l'esprit à plaisanter ? Vous ne vouliez pas me croire lorsque je vous affirmais que votre mari était toujours vivant. Peut-être Monsieur saura-t-il vous convaincre... Voulez-vous qu'il vous dise comment les choses se sont passées, quelle est réellement l'identité de ce suicidé que, sur la foi des papiers retrouvés dans ses vêtements, on a pris pour M. Rivois ? Comment il se fait, en un mot, que M. Rivois soit considéré comme mort, tout en ne l'étant pas ?

Blanche, d'un geste énervé, l'interrompit.

— Non ! Non ! fit-elle d'une voix coupante, je vous l'ai déjà dit et je le répète pour la dernière fois, je ne veux rien entendre sur ce sujet-là. Mon mari est mort et bien mort. Son décès a été constaté, enregistré légalement. Si quelqu'un, maintenant, est assez audacieux pour prétendre qu'il est

Pierre Rivois, qu'il ose venir se présenter à moi, je saurai l'accueillir. Certes, il peut exister entre cet individu et mon pauvre Pierre une telle ressemblance physique que la confusion soit possible... Mais si l'on recherchait à tirer parti de cela, dans quelque but que ce puisse être, c'est à moi désormais que l'on aurait affaire !

Frémissante, elle parut défier du regard les deux hommes... Puis, s'adressant au détective :

— Voyons, Joachim, comment pouvez-vous accorder le moindre crédit à cette odieuse histoire ? C'est mal reconnaître les bontés que j'ai eues pour vous, c'est vouloir me les faire regretter, et cela à la veille du moment où nous pourrons réaliser notre cher projet.

Caristoche comprit qu'il était de trop, qu'il n'avait plus rien à faire ici, plus rien à espérer de bon, ni de cette veuve obstinée, ni de ce détective hésitant. Timidement, il balbutia :

— Excusez-moi, madame, et vous aussi, monsieur... Mais je pense que ma mission est terminée, pour aujourd'hui, du moins. Si vous désirez me revoir, au cas où il vous faudrait d'autres renseignements...

Blanche se retourna à demi vers lui.

— Merci, monsieur, mais je crois que nous pouvons très bien nous passer de vos lumières.

Sur le seuil, les deux hommes échangèrent encore quelques mots :

— Où pourrai-je vous voir ? murmura le détective.

— Demandez au patron, répondit Caristoche sur le même ton. Il me connaît.

La porte refermée, Caristoche resta un moment indécis dans le couloir obscur, ne sachant plus de quel côté était l'escalier. Et pendant un instant, il entendit, dans la chambre du détective, Blanche s'écrier gaiement :

— Enfin, enfin, mon chéri, nous voilà seuls ! C'est curieux, à peine t'es-tu éloigné que j'ai senti que je ne pouvais plus vivre sans ta présence... J'ai fait boucler une valise, et ni vu ni connu, on va être l'un à l'autre loin des cancans des domestiques... Tiens, mais c'est tout plein gentil, cette chambre ! D'abord, moi, j'ai toujours aimé ces petits hôtels de province.

Caristoche n'en entendit pas davantage. Il avait retrouvé l'escalier, et il se hâtait de déguerpir pour rejoindre Rivois qui l'attendait chez lui.

Tout en hâtant le pas, il bougonnait :

— J'en ai, moi, une vocation, pour le rôle d'ambassadeur !... Non, mais Pierre va en faire un de ces nez !

Alcide se trompait. Lorsqu'il eut fini de raconter à Pierre son entrevue avec le détective et Blanche Rivois et qu'il lui eut fait part de ses appréhensions, il fut tout étonné de voir l'autre se frotter les mains et de l'entendre proférer :

— Eh bien ! quoi ! mon vieux Caristoche ! cela ne va pas mal du tout, et je ne vois pas pourquoi je m'inquiéterais !

— Je vous répète que ce policier veut à toute force vous remettre la main dessus pour éviter de se marier avec votre femme !

— Laissez faire ! Je connais ma panthère. Quand elle a une idée dans la caboche, les autres n'ont qu'à remiser leurs projets... Elle ne veut pas croire que je suis vivant ? Eh bien, laissez-la faire. Lorsqu'elle sera mariée avec son policeman, vous verrez comme nous serons heureux.

— Bon, bon, acquiesça Caristoche.

— Et maintenant, termina Rivois, je me sauve. Il faut que j'aille vite raconter tout ça à Lucienne, pour l'amuser un brin.

Il s'en fut, la mine radieuse, laissant Caristoche perplexe et incrédule.

— Il a beau dire, il a beau dire, se répétait Alcide. Tout cela pourrait bien finir d'une façon peu drôle.

Il bourra une pipe, et, son journal à la main, alla s'installer dans l'ombre fraîche de la tonnelle. Zézette n'était pas rentrée de faire son marché. L'heure du déjeuner était encore loin. Il faisait bon lire en plein air. Il en était à la rubrique des faits divers quand Pierre réapparut.

— Mon vieux Caristoche, c'est encore moi... Je cherche Lucienne. Vous ne l'auriez pas vue ?

— Moi ? Mais non.

— Elle n'est pas à la maison.

Zézette se montra à ce moment.

— Demandez-lui donc, à elle, fit Caristoche. Elle l'aura peut-être aperçue quelque part.

— Qui ça ? demanda Zézette.

— Lucienne, parbleu !

Zézette eut un petit mouvement d'hésitation.

— Mais non, répondit-elle ensuite. Pourquoi ? Y a-t-il du nouveau ?

— Nullement, répliqua Pierre en affectant un air détaché. Seulement, voilà, comme elle avait un peu de migraine, je lui avais conseillé de rester couchée. Quand je suis rentré, tout à l'heure, elle n'était plus là. Un voisin m'a dit qu'il l'avait vu sortir, une demi-heure après mon départ. Vous comprenez, maintenant que ma femme est ici, je peux craindre une rencontre.

— Allons, allons, interrompit Zézette, qui souriait bizarrement, vous n'allez pas vous faire de la bile. Tenez, je parie qu'elle est chez vous, à vous attendre, et qu'elle se demande si vous pensez à rentrer déjeuner.

— Au fait, vous avez peut-être raison. Je me sauve... A cet après-midi, dit Rivois.

Lorsqu'il eut disparu, Zézette déclara à Caristoche :

— Tu comprends, je n'ai pas voulu le lui dire, à ce pauvre Pierre... Il a bien assez d'ennuis comme ça.

Caristoche la regarda, intrigué. Elle poursuivit :

— Et puis, des affaires de ce genre, il vaut mieux ne pas s'en mêler, pas vrai ?

— Mais, que chantes-tu là ? fit Caristoche. Est-ce que tu saurais quelque chose au sujet de Lucienne ?

— Bien sûr, je l'ai vue... Je te raconte ça à toi, mais il ne faudrait pas que tu ailles le répéter... Elle n'était pas seule.

— Avec qui était-elle donc ?

— Eh ! pardi, avec son bonhomme de l'autre jour, le cardinal du défilé. Ils se promenaient dans les jardins de l'abbaye... Moi, c'est un hasard que je passais par là. J'allais chez l'horticulteur, près de la tour Fabry. Je voulais des soleils pour le jardin. C'est pas que c'est joli, joli, les soleils, mais ça tient de la place... Je ne crois pas qu'ils m'aient vue. Ils avaient d'autres chats à fouetter. Dame, c'est qu'ils ont l'air tout à fait bien ensemble ! Lui, il la tenait par la taille, et ils se regardaient dans le blanc de l'œil.

Et Zézette, toujours Montmartroise, fredonna cette parodie :

> Mes yeux dans tes yeux,
> Et mes deux pieds dans ta bouche,
> Sans rompre un essieu,
> Nous pouvons monter aux cieux.

— Et alors ? questionna Caristoche, avide, non point d'entendre la fin de l'exquise romance, mais les détails de l'aventure.

— Alors, rien. Je ne suis pas restée là à les regarder. Je ne suis pas de celles qui ne pensent qu'à espionner les copains, moi. Et puis, en voilà assez là-dessus. Faut que j'aille m'occuper du boulottage.

— Tu parles d'or, convint Caristoche. Je commence à avoir l'estomac dans les talons.

La journée n'était pas finie, et il était écrit qu'elle apporterait d'autres tracas au pauvre Caristoche. A peine commençait-il à déjeuner que Rivois apparut encore.

— J'en suis malade, gémit Pierre. Lucienne n'est pas encore rentrée et personne pour me donner des renseignements.

— En effet, c'est étrange, convint Caristoche.

Ils restèrent quelques minutes silencieux, plongés l'un et l'autre dans leurs réflexions.

— Attendez donc un peu, fit tout à coup le bohème, je vais aller interviewer Zézette. Elle aura peut-être une idée.

Dans la cuisine où sa maîtresse, tout en fredonnant un refrain de son répertoire, confectionnait une omelette, Caristoche donna ses ordres :

— Lâche ta poêle et précipite-toi à l'hôtel où ce M. d'Eulmont est descendu.

— Quel hôtel ?

— Tu dois bien le savoir, toi qui bavardes chez les fournisseurs. Un cardinal, même d'un jour, ne passe pas inaperçu.

— Bon, fit Zézette, eh bien, quand je serai à l'hôtel de Bourgogne, qu'est-ce que je ferai ?

Caristoche lui prit le menton et l'obligea à lever la tête :

— Je parie que tu en sais plus long que tu ne l'avoues, toi, avec la tête de musaraigne.

— Mais non, assura Zézette en se dégageant. Si j'en savais davantage, tu le saurais aussi.

— Ce n'est pas sûr... En attendant, file et tâche de te renseigner encore. Je compte sur toi. Quand tu seras revenue, tu me feras signe en douce. Va. Moi, je garde Pierre. Je m'arrangerai pour le remonter un peu.

Il retourna auprès de Rivois, dont l'anxiété croissait.

— Allons, mon bon ami, il ne faut pas vous tourmenter de cette façon-là, lui conseilla-t-il. Zézette aussi ne peut croire qu'il soit arrivé quelque chose de fâcheux à Lucienne.

Pendant vingt minutes, il se mit en frais d'imagination, posant de temps en temps à Pierre une petite question qui servait de prétexte pour formuler, discuter et rejeter enfin toutes les hypothèses susceptibles d'expliquer la disparition de Lucienne, sauf, bien entendu, une seule : celle qu'il avait exprimée à Zézette.

Mais, tout en parlant, il restait attentif, l'oreille tendue du côté de la maison. A un moment, il se leva :

— Zut ! J'ai laissé mon tabac dans ma chambre. Je reviens tout de suite.

Il avait entendu le bruit caractéristique que faisait, en s'ouvrant, la porte de son logis. C'était, en effet, Zézette qui rentrait.

— Eh bien ! fit-elle. Ça y est.

— Lucienne est toujours avec ce bonhomme ?

— Si il n'y avait que ça !... Mais ils ont mis les voiles tous les deux !

— Ils ont mis les voiles? répéta Alcide, à qui le vocabulaire de Zézette en apprenait chaque jour.

— Oui. Et ils avaient dû combiner ça d'avance, puisque le bonhomme avait réglé sa note à l'hôtel et fait expédier ses bagages dans la matinée. Il a dit qu'il rentrait à Paris... Et, à onze heures, il filait en auto, avec Lucienne, du côté de Mâcon.

Alcide était abasourdi.

— Eh bien ! en voilà une affaire !... Comment annoncer ça à ce pauvre Pierre ?

Il se promenait lentement, de long en large, avec un air aussi profondément malheureux que s'il eût été lui-même la victime de cette mésaventure.

Il se disposait à rejoindre Rivois, lorsqu'un coup de sonnette, à la porte de la rue, retentit.

— Va voir, ordonna Zézette. Je parie que c'est du nouveau au sujet de Lucienne.

C'était le facteur.

— C'est une lettre recommandée pour M. Racienne. On m'a dit chez lui que je le trouverai ici... et comme il y a « très urgent » marqué sur l'enveloppe.

— M. Racienne est dans le jardin, dit-elle. Tenez, par ici. D'ailleurs, nous allons avec vous.

Chemin faisant, elle murmura à l'oreille de Caristoche :

— Ça vient de Lucienne, j'ai reconnu son écriture. Elle aura mis ça à la poste en partant. Au moins, il aura quelque chose d'elle.

Pierre s'était-il, pendant les quelques minutes où il était resté seul, préparé aux pires éventualités ? Il y parut, car il ne témoigna aucune surprise en voyant le facteur s'approcher, la lettre à la main, et il eut à peine un léger tressaillement en reconnaissant l'écriture sur l'enveloppe. D'une main ferme, il signa sur le livre, et il eut la force d'attendre que le facteur se fût éloigné pour ouvrir la lettre et la lire lentement.

Lorsqu'il eut fini, il releva la tête. De grosses larmes s'amassaient aux bords de ses paupières, ses lèvres tremblaient. Machinalement, il tournait et retournait le papier entre ses doigts. Et il bégaya, tandis que les pleurs commençaient à couler le long de ses joues.

— Voilà, voilà, elle est partie.

Puis, il s'affaissa, enfouit dans ses mains crispées son visage et, les coudes aux genoux, demeura ainsi, ployé misérablement.

En vain, Caristoche, bouleversé, lui répétait-il doucement :

— Voyons, voyons, un peu de courage.

Abîmé dans sa douleur, il hoquetait d'une voix faible :

— Partie... elle est partie... ma pauvre Lulu !..

Comme le silence qui se prolongeait pesait étrangement, Caristoche, encore une fois, répéta :

— Allons, allons, mon pauvre Pierre, il faut vous faire une raison. Vous êtes un homme. Tâchez de réagir.

— Où sont-ils allés ? murmurait Pierre. Elle ne le dit pas... Ce ne peut être qu'à Paris, puisque c'est là qu'il a ses occupations. Mais je me vengerai. Oh ! ce n'est pas à elle que je veux m'en prendre, elle n'est coupable de rien, et je l'aime encore trop, malgré son abandon. Mais c'est lui, ce Maurice d'Eulmont, je le retrouverai, et il faudra qu'un de nous deux...

— Je vous en prie, calmez-vous, fit Caristoche, avec une sorte de brusquerie affectueuse. Vous ne pouvez réellement songer à cela? Une affaire d'honneur dans de pareilles conditions...

Il bredouillait, s'embarrassait.

L'autre s'impatienta :

— Que voulez-vous dire ?

— Si vous provoquez ce monsieur en duel, il pourra vous répondre qu'on ne saurait raisonnablement se battre avec un mort. Et puis, c'est du coup que ce policier de malheur l'aura belle pour vous rattraper !... Pourquoi attirer l'attention sur vous ? Ce ne serait pas la peine d'avoir si difficilement gagné votre liberté.

— Eh ! qu'est-ce que vous voulez que j'en fasse, maintenant, de ma liberté? grommela Pierre. C'est à cause de Lucienne que j'en avais besoin... Si elle est perdue pour moi, Fournier et ma femme peuvent faire ce qu'ils voudront, je m'en moque !

## VII

### UN GRAND CRIMINEL

AH ! Tenez ! Joachim, mon petit Joachim, pour tout de bon, vous m'amusez !

Le rire de Mme Rivois tinta, railleur, dans le cabinet du détective.

— Cette fois-ci, poursuivit Blanche, vous n'allez pas prétendre que je vous ai gêné dans vos recherches ?... Non seulement votre voyage à

Cuny n'a donné aucun résultat, mais vous étiez à peine arrivé qu'ils disparaissaient tous comme une volée de moineaux, à commencer par cette abominable Lucienne.

Fournier eut un sourire ambigu pour prononcer :

— Je vous répète, ma chère Blanche, que dans l'état actuel des choses, je n'ai pas à me tourmenter. Votre mari se vendra, si je puis dire, de lui-même.

— Comment cela?

— C'est très simple : suivez un peu mon raisonnement... A la nouvelle du départ de sa maîtresse, M. Rivois, ou bien, puisque vous semblez encore mécontente que je l'appelle ainsi, notre individu, n'a rien eu de plus pressé que de se mettre à sa poursuite, et il a pris le premier train pour Paris, animé du plus vif désir de vengeance, ce qui est très compréhensible, n'est-ce pas?... mais n'ayant pu rejoindre son rival à Paris, puisque celui-ci ne s'y arrêta qu'une journée, avec Mme Muzeray, il a continué sa chasse, sport très facile, ni M. d'Eulmont, ni Mme Muzeray ne cherchant à se cacher. Ils voyagent en touristes : tantôt en chemin de fer, tantôt dans une certaine limousine bleue que M. d'Eulmont a louée. Vous voyez que je suis renseigné. C'est un véritable voyage de noces qu'ils font.

— Je t'en ficherai, moi, des voyages de noces ! Quand je pense que c'est pour cette femme-là que mon mari... grinça Blanche.

— Cependant, par une fatalité que je ne puis concevoir, M. Riv... enfin, l'individu en question, n'a pas encore réussi à les rattraper. Quand il arrive dans un endroit, les autres viennent d'en filer. Toutefois, il ne se désespère pas, il s'acharne de plus belle. Il ne peut se résigner à ne pas châtier les coupables.

Blanche poussa un long soupir, et d'un ton où il n'y avait à la fois de l'amertume, du regret et du dépit :

— Ce n'est certes pas pour moi qu'il eût employé tant d'acharnement ! fit-elle... Quand on veut se venger d'une femme, c'est qu'on l'aime ! Quand on veut faire souffrir quelqu'un, c'est qu'on l'aime. Et plus on rage, plus on veut lui faire de mal, plus on l'aime !

Joachim continua :

— A l'heure actuelle, les deux coupables voyagent en Angleterre, et j'ai chargé les correspondants que je possède dans ce pays de surveiller le couple Muzeray-d'Eulmont. De sorte que, le jour où le troisième individu, rejoignant enfin les amants, pourra en venir à ce qu'il désire, c'est à dire provoquer en duel M. D'Eulmont, ou combiner quelque vengeance machiavélique, j'en serai aussitôt averti. J'agirai alors comme il conviendra. D'ici là, j'attends, sans m'inquiéter outre mesure. Eh bien, dites-moi, n'ai-je pas sagement mené mon affaire ?

— Ah! bah! ricana Mme Rivois.

— Parfaitement... Admettez, comme une chose possible, que M. Rivois n'est pas mort, que ce n'est pas lui qui se précipita, le 2 avril dernier, de la tour Eiffel.

— Et qui serait-ce donc, selon vous ?

— Qui ce serait ?... ou plutôt qui c'est ?... Un nommé Callot, dont je possède l'état civil et quelques détails sur ses antécédents. Mes propres déductions aidant, je me le représente à peu près : un pauvre diable, un déclassé, un maboule peut-être, et peut-être aussi un savant manqué, un génie méconnu. Vous vous souvenez du papier trouvé par moi dans la doublure du veston ? Ce papier sur lequel était inscrite une formule chimique? Eh bien! cette formule, je la soumis à un chimiste de valeur qui est de mes amis. Il l'examina et me répondit : « Cela ne correspond à aucune substance existante, et tout me porte à croire que le produit nouveau que votre formule désigne est un explosif qui doit être d'une extrême puissance, à tel point que n'ayant pour sa préparation d'autres renseignements que celui-ci, je ne voudrais pas m'y risquer.... De telles paroles ne pouvaient que piquer davantage ma curiosité, reprit Joachim, bien qu'elles compliquassent encore le mystère qui entourait Callot. Mais, j'avais beau faire, je ne parvenais pas à trouver la clef de l'énigme et je n'y serais peut-être jamais arrivé sans le hasard.

— Comme toujours ! jeta Blanche, ironiquement

— Mais oui, ma chère amie, comme presque toujours, riposta le policier. Seulement, le hasard a souvent besoin qu'on l'aide à se manifester, et il faut que l'on sache tirer parti de ses moindres manifestations. Ce double talent n'est pas donné à tout le monde.

— Et votre hasard, ce fut...

— Un simple fait divers, que vous avez peut-être parcouru sans y attacher aucune importance... Cette explosion qui eu lieu rue d'Ecosse, il y a dix ou onze jours ?

Blanche releva la tête, fronça les sourcils, d'un air réfléchi.

— Je n'ai prêté aucune attention à cette histoire, avoua-t-elle.

— C'était cependant assez singulier, reprit Joachim. D'abord, si cela peut vous intéresser, je vous dirai que la rue d'Ecosse, que vous ne connaissez certainement pas, n'est pas une rue, mais une impasse étroite et sombre, bordée de misérables bâtisses. Cette impasse s'ouvre rue de Laneau... Vous ne connaissez pas non plus la rue de Laneau? Cela ne fait rien. Il y a quinze jours je ne la connaissais pas moi-même... Aussi bien, vous serez assez renseignée quand je vous aurais dit que c'est non loin du collège de France et du Panthéon, au flanc de la montagne Sainte-Geneviève, dans un vieux quartier qui ne manque pas d'un certain pittoresque. Donc, il y a dix ou onze jours, dans une de ces antiques maisons de la rue d'Ecosse, un nouveau locataire, en procédant au nettoyage du logement qu'il allait occuper, trouva, dans un placard, une petite fiole de verre bleu, bouchée à l'émeri, au fonds de laquelle restait un peu d'un liquide épais et noirâtre. Il n'y avait pas d'étiquette. Il pensa que ce devait être quelque liquide pharmaceutique. Et il ne fit ni une ni deux : ne se souciant pas de conserver chez lui cette fiole suspecte, il la jeta par la fenêtre.

C'était prudent.

— Tu parles! A peine la fiole avait-elle touché le pavé qu'une explosion se produisit, avec un bruit pareil à celui d'un coup de canon. Emoi dans le quartier, vitres brisées, vaisselles cassées dans les logements et autres dégats, je vous fais grâce de ces détails. Naturellement la police enquêta et ne découvrit rien qui pût expliquer cette explosion De la fiole et de son contenu, il ne restait aucune trace... D'ailleurs, le fait s'étant produit dans un quartier très pauvre, les dégats matériels étant minimes et personne n'ayant été blessé, l'enquête en resta là. C'est pourquoi les journaux, ayant simplement mentionné le fait n'en reparlèrent plus... Mais moi, à peine avais-je lu ce petit fait-divers, que je me sentis saisi d'une curiosité bizarre, impérieuse, et, quoique je fisse dans le courant de cette journée, une voix en moi répétait sans cesse...

Sur la fin de l'après-midi, j'allais rue d'Ecosse. Lorsque j'en revins, trois heures plus tard, vous me croirez si vous voulez, ma chère Blanche, j'étais si heureux que j'en oubliais de dîner.

— C'était toujours ça d'économisé!... Mais qu'aviez-vous appris de si important ?

— Ceci : dans le logement où la fiole explosive avait été trouvée, vivait, quelque six mois auparavant, un dénommé Callot. En interviewant les bonnes gens du quartier, j'en ai appris de toutes sortes sur son compte. Pas un voisin n'était admis chez lui. Pourtant, il recevait, parfois, des visites ; mais c'était toujours à la nuit tombée, et les visiteurs semblaient vouloir passer inaperçus, ils se méfiaient, et, quand ils causaient, ce n'était jamais en français. Un beau jour, le trente et un mars exactement, le chimiste annonça qu'il quittait Paris. Il vendit ses meubles à un brocanteur, et on ne le revit plus. Il fallut l'explosion pour qu'il redevînt, pendant un ou deux jours, l'objet des conversations du quartier.

— Mais, dit Blanche, comme le détective s'arrêtait un moment pour reprendre haleine, vous deviez surtout me parler de Pierre, et jusqu'à maintenant...

— Jusqu'à maintenant, je n'ai fait que répondre à une de vos questions. Vous désireriez savoir qui pouvait être, si ce n'était M. Rivois, le suicidé de la Tour Eiffel. Vous voici renseignée... A présent, il faut que je vous dise pourquoi j'étais si curieux de tout ce qui concernait cet individu... Ma conviction était faite, solidement, sur un seul point ; le suicidé de la Tour Eiffel n'était pas Pierre Rivois, mais Callot. Restait à découvrir les raisons de cette substitution de noms et pourquoi, la nouvelle de son suicide répandue dans les journaux, Rivois n'avait pas pu protester ?... On ne se laisse pas passer légalement pour mort si l'on n'y trouve un intérêt. Est-ce vrai ?

Il n'avait cessé, en parlant, de regarder la veuve, comme s'il eût voulu apprécier l'effet produit sur elle par chacun de ses mots. La devinant domptée, il en profita pour reprendre, non sans cabotinage, son discours.

— La deuxième fois que j'allais rue d'Ecosse, un juif polonais, fabricant de casquettes, qui habite depuis deux ans un logement voisin de celui où vécut Callot, me raconta que toute une nuit, on se disputa en russe chez le chimiste. Il s'agissait de traiter une affaire particulièrement périlleuse. Les mots agent et police revenaient à chaque instant. Evidemment, il s'agissait d'un complot et de préparer un attentat. Le pauvre juif frissonnait encore au souvenir de cette scène. Afin de me faire bien voir de lui, j'avais commencé par lui acheter six casquettes ; je lui en commandai six autres pour le remercier. Alors, il me chuchota à l'oreille : « Des communistes, mon bon monsieur, pour sûr, c'étaient des communistes... »

— D'autres témoignages m'ont permis d'établir quelles relations avaient pu exister entre ce fabricant clandestin d'explosifs, affilié à une bande de communistes et votre mari... N'est-il pas vrai que M. Rivois compta pas mal de russes dans sa clientèle ?

Blanche inclina lentement la tête, en guise de réponse.

— D'ailleurs, poursuivit Joachim, rien que dans la façon dont il sut déjouer, pendant plus d'un an, toutes mes recherches, ne peut-on déjà reconnaître en lui cette prudence, cette ruse qui font la force des pires criminels ?... Tenez, vous n'êtes pas sans avoir entendu parler de ce cambriolage qui fut commis, il y a huit mois, chez Valta, le grand joaillier de la rue Royale. Pour plus de cinq millions de bijoux furent volés. Les journaux donnèrent de très longs détails là-dessus. Une chose était bien certaine : seuls, des gens bien renseignés sur la maison Valta avaient pu combiner et exécuter ce vol déconcertant, les bijoux étant renfermés la nuit dans une sorte de cave blindée dont la porte était machinée de telle sorte que si on essayait de la forcer avec un outil quelconque, une sonnerie électrique se mettait à tinter dans la loge du concierge. Eh bien ! on trouva, un matin, les fils électriques coupés, la porte ouverte et, pour aller plus vite et plus sûrement en besogne, les bandits avaient fait sauter la serrure avec un explosif. Quel pouvait être cet explosif ? On ne put le déterminer. Quels étaient les auteurs de ce vol stupéfiant ? On ne put les découvrir non plus, et l'on accusa les fameuses bandes internationales. Le temps passa, l'affaire paraissait devoir être classée quand, il y a trois semaines, on en reparla. On avait retrouvé, chez un brocanteur de New-York un des bijoux volés chez Valta, un pendentif de platine enrichi de diamants, et, en recherchant de qui le brocanteur le tenait, on en était arrivé à établir que le pendentif avait été, quinze jours peut-être après le vol, en la possession d'une demi-mondaine assez connue dans les établissements de nuit de Paris. Cette femme déclara l'avoir eu d'un inconnu rencontré par elle dans un restaurant de Montmartre. Elle en fournit le signalement. Et ce signalement correspond, à quelques tout petits détails près, au signalement de Rivois l'hiver dernier... Votre mari aurait-il trempé dans cette affaire de cambriolage ?... Mon dossier Rivois, qui comprend tous les états de service de notre singulier héros, fournit ce renseignement : M. Rivois a travaillé jadis pour Valta, il lui a fourni des dessins, des projets de bijoux, il connaissait la maison, il y était reçu plutôt comme un ami. Il a donc pu, sans qu'on se méfiât de lui, dresser le plan des lieux, se renseigner sur les mesures prises contre un vol possible. Et, non seulement il aura fourni aux cambrioleurs ces indications, grâce auxquelles ils ont pu réussir dans l'accomplissement de leur forfait, mais encore il leur aura procuré l'explosif qu'ils employèrent contre la porte du caveau, l'explosif mystérieux, l'explosif inventé par le chimiste de la rue d'Ecosse... Ainsi, ce sont des relations de complicité qui unissaient votre mari et le nommé Callot. Le reste, à présent, se devine. Cette complicité gêna M. Rivois, il redouta quelque indiscrétion de l'autre, qui buvait volontiers. Pour conjurer radicalement tout danger de ce côté-là, il n'y a qu'un moyen : faire mourir Callot... Et c'est ici que le... Mais... qu'avez-vous donc ?...

Blanche, les yeux mi-clos, pâle comme une morte, s'évanouissait.

. . . . . . . . . . . . . . . . . . . . . . . . . . . .

Le lendemain, dans l'après-midi, Joachim Fournier eut une surprise. Il sortait de la gare de Lyon, quand une main s'abattit sur son épaule, en même temps qu'une voix joyeuse s'écriait

— Tiens ! elle est forte celle-là ! Ce vieux Joachim !

C'était Bénivet.

— Ah ! par exemple ! Quelle bonne rencontre ! Mais, vous revenez donc de voyage que je vous trouve avec une valise à la main ?

— Tu l'as dit ! répondit Bénivet. Je rentre de vacances au pays !... Et vous, les affaires ? Ça se maintient ?

— Eh ! oui.

— Tant mieux, tant mieux ! Une idée ! Si nous allions prendre quelque chose ? J'ai la pépie. Et, en sirotant vous pourrez me dire où en sont vos *business*.

A peine installés dans un coin un peu solitaire d'une brasserie, tandis que Bénivet s'occupait encore à étancher sa soif, Fournier lui annonça joyeusement :

— Vous savez, je suis dépêtré de Mme Rivois.

— Est-ce que vous l'auriez rendue à son mari, par hasard ?

— Le mari court toujours, mais j'ai réussi à me débarrasser de la femme. Ah ! ça n'a pas été sans peine, je puis bien l'avouer !... Je vous raconterai tout cela.

— J'y compte. Moi, les histoires de rupture m'amusent toujours. Pour un peu je les provoquerais... J'aurais rêvé être fournisseur de poudre et de dynamite dans les ménages.

— A propos de dynamite, s'écria Joachim, j'en ai appris de belles sur le compte de Rivois !

— Ah ! bah !

— Je parie que vous le prenez pour un monsieur comme il faisait une de ces chaleurs ! j'étais entré tout à fait honorable. Permettez que je vous édifie sur son compte.

Et Joachim Fournier, méthodiquement, se mit à exposer à son ex-associé les forfaits de Pierre Rivois, comme il les avait décrits, la veille, à Blanche.

Bénivet écouta sans interrompre le narrateur autrement que par quelques interjections bredouillées dans ses grosses moustaches. Et, quand ce fut fini :

— Vous êtes toujours le même, vous ! Un feuilletoniste qui aurait mal tourné... Et Mme Rivois a coupé dans le panneau, elle aussi ?

— Avant que j'aie achevé, elle s'est évanouie d'épouvante.

— C'était une frime pour vous contraindre à lui prodiguer ces consolations dont vous avez le secret.

— Vous n'y êtes pas. Certes, il eût été facile de la ramener à la vie par la manière agréable. Pour une fois, j'ai voulu être cruel vis-à-vis d'une femme, et ça m'a réussi... Lorsque ma folle maîtresse eut repris ses esprits, moi, je repris la conversation. Et, sans trop de formules, je lui déclarai : « Dans de pareilles conditions, vous devez le comprendre, ma chère Blanche, notre mariage devient impossible. Rivois est capable, rien que pour le plaisir de vous jouer un mauvais tour, de revenir ici, de prouver qu'il n'est pas mort et de revendiquer ses droits sur vous. Entrevoyez-vous la suite ? Vous tomberez sous le coup de la loi. Convaincue de bigamie, vous serez traînée devant la cour d'assises, qui ne plaisante pas sur ce genre de délit. Et vous encourrez les travaux forcés, pour le moins ! » Ah ! mon cher, si vous l'aviez vue, pendant que je lui débitais cela de mon air le plus convaincu ! Elle jaunissait, elle pâlissait, elle verdissait.

— C'était la femme arc-en-ciel.

— Et elle frémissait, et elle tremblait !

— C'était la femme-torpille.

— Bref, elle m'a répondu : « En effet, il se pourrait que vous ayez raison. » Comprenant que mon discours n'avait pas fini de la travailler, j'ai pensé qu'il valait mieux ne pas insister... Or, ce matin, elle me téléphone de venir la voir tout de suite. J'y cours... Et, dès l'antichambre, je me heurte à des malles, des paquets, des cartons à chapeaux, des valises. Mme Rivois, fatiguée, écœurée, ne trouvant plus, dans son dégoût de l'humanité, en général, et des hommes en particulier, assez de mots pour les maudire, se retirait à la campagne pour le restant de ses jours. Et voilà, mon cher Bénivet, je venais de la mettre en wagon lorsque vous m'avez rencontré devant la gare.

## VIII

### LE BONHEUR D'ÊTRE MORT

Pierre Rivois, que son furieux désir de vengeance avait promené, trois semaines durant, des rives de la Tamise aux plages de la mer d'Irlande, selon l'itinéraire plutôt fantaisiste que suivaient, dans leur voyage d'amoureux, Maurice d'Eulmont et Mme Muzeray, Pierre Rivois était arrivé à Liverpool juste pour voir s'éloigner vers le large le petit yacht qui emportait les deux amants vers une destination imprécise.

A ce spectacle, l'abandonné, pris d'une rage intense, avait brandi vers la haute mer des poings stupides. Puis, des larmes lui étaient venues, qu'il avait refoulées aussitôt, pour ne pas se donner en spectacle à la foule.

Mais à mesure que le yacht s'éloignait, son violent désespoir laissait place à des sentiments moins tumultueux. Son impuissance lui apparaissait : il n'était plus qu'un pauvre homme plein d'une muette désolation, accablé d'une morne fatigue. Et il était resté, immobile et prostré, au bout de la jetée, les yeux obstinément fixés sur ce petit bateau blanchâtre qui s'en allait si vite, si vite dans les grisailles lourdes du ciel brumeux et de la mer.

Ce voyage, il devinait que c'était Lucienne qui l'avait voulu. Ne lui en avait-elle pas parlé jadis comme d'un rêve qu'elle aurait tant voulu vivre ?

— S'en aller au hasard, sans savoir où... Être tous les deux seuls entre le ciel et l'eau !

Elle réalisait ce désir avec un autre ! Telle est la vie, déconcertante par son imprévu.

Le soir même, Pierre Rivois retournait vers la France. Les deux autres finiraient bien par y revenir. En attendant, il en avait assez de l'Angleterre. Il éprouvait le besoin de se retrouver à Paris, flâneur attentif à la physionomie des arbres, des façades, et désireux de s'imaginer que les choses ont pour lui des attentions gracieuses.

Ce fut par une de ces tièdes et lumineuses matinées qui donnent aux fins d'été parisiennes un attrait sans pareil, qu'il revit la capitale.

Les premiers jours, il n'eut d'autre désir ni d'autre occupation que de s'en aller par les rues, par les places, par les boulevards, humant l'air, musant aux devantures. Il reprenait possession de Paris, et tout lui paraissait changé, plus beau, plus propre, plus souriant.

— Il faudrait tout de même que je pense un peu à m'installer, à organiser ma vie, se dit-il un soir. Camper à l'hôtel et se promener tout le jour, ça finit par devenir monotone, surtout quand on est tout seul, comme moi.

Il pensa à Carlstoche. Qu'est-ce que le bohème et Zézette avaient pu devenir ? Étaient-ils restés en Bourgogne ? Étaient-ils rentrés, eux aussi, à Paris ? Il avait bien écrit à Cluny, mais nulle réponse ne lui était parvenue.

Un après-midi, il décida d'aller s'informer rue Custine. Il ferait ce trajet à pied, afin de revoir ces cabarets et ces restaurants où il avait passé tant de nuits et qui, veufs de leurs girandoles, de leurs enseignes lumineuses, ont un air pauvre de décors promenés au grand jour.

Comme il arrivait à la place Pigalle, il eut un cri de surprise joyeuse :

— Mais on dirait Zézette !

Après tout, était-ce bien Zézette, cette jeune femme mince et souple ! Il la regarda plus attentivement. Non, il s'était trompé. Il y avait bien entre cette inconnue et Zézette, quelques ressemblances... la même taille, la même sveltesse, la même démarche glissée. Mais ce n'était pas tout à fait la même coupe de visage, ni la même expression. Et puis, où étaient donc les folles boucles blondes ? Cette femme, là-bas, arborait des cheveux presque noirs, aplatis en deux longs bandeaux qui lui recouvraient les oreilles, et son visage montrait un air de bourgeoise qui ne badine pas.

— Décidément, pensa-t-il, je me suis trompé.

Il allait reprendre sa route quand, sur l'autre trottoir, la passante se mit à lui faire des signes.

— Allons, se dit Pierre, il faut que j'en aie le cœur net !

Résolument, il traversa la chaussée.

C'était bien Zézette !

— Eh bien ! vrai ! je ne m'attendais guère à vous rencontrer par ici ! lui déclara-t-elle.

— Moi non plus, répondit-il. De loin, je ne voulais pas croire que c'était vous.

— Ah ! oui, à cause de mes cheveux, n'est-ce pas ? Personne ne me reconnaît. Qu'est-ce que vous en dites ? Est-ce que cela me va mieux ? J'avais l'air un peu trop gosse, avant. Les gens ne me prenaient pas au sérieux. Tandis que maintenant...

— Quel âge avez-vous ?

— Dix-huit ans, mais je les parais. Je me suis faite brune, c'est plus comme il faut. J'ai tout à fait changé mon genre. Et puis je ne porte plus de chaussettes. Qu'est-ce que vous voulez ? Il faut bien penser à l'avenir.

Il sourit, amusé.

— A propos, fit-il, est-ce que vous voyez toujours Caristoche ?

— Oui, de temps en temps. On prend l'apéritif ensemble, comme ça, quand on se rencontre.

— Est-ce qu'il habite toujours le quartier ?

— Oh ! mais non ! Il prétend que ce n'est plus du tout son genre.

— Ah ! il a changé de genre, lui aussi ?

— Dame, depuis qu'il est dans les affaires.

— Dans les affaires, Caristoche ?

— C'est une occasion qu'il a trouvée là-bas, après votre départ. Un gros marchand de vins du pays qui cherchait quelqu'un pour le représenter à Paris. On lui a proposé ça et il a accepté. Qu'est-ce que vous voulez ? Il ne pouvait pas toujours vivre sans rien faire et il avait pris l'habitude de ne plus manger de vache enragée, mais de bons beefsteacks aux pommes. La littérature, c'était la mouise à perpète. Placer du vin, c'était l'entrecôte assurée. Il n'a pas hésité.

— Il a eu raison.

— Il fait aussi la place pour du champagne, une nouvelle marque : la tisane : « Ohé ! Ohé ! »

— Est-ce que vous savez son adresse ?

— Oui, attendez-donc. J'ai été chez lui la semaine passée. C'est de l'autre côté de l'eau, pas bien loin du Jardin des Plantes, même que de chez lui on voit les bêtes dans leurs cages. Mais je ne peux pas me rappeler le nom de la rue, ni le numéro. Enfin, c'est facile à trouver quand même, c'est près de la Pitié. Sa maison fait le coin d'une rue et il y a même une grande plaque, en bas, près de la porte, avec son nom en lettres dorées.

— Près de la Pitié, au coin d'une rue, une plaque de marbre...

Elle aurait bien voulu bavarder encore, mais elle se souvint d'un rendez-vous très important. Elle prit congé de Pierre qui demeura un instant immobile à la regarder trottiner.

Zézette transformée, Caristoche placier en vins!... Non, c'était trop drôle !

Le lendemain, après un peu de recherche, il dénicha Caristoche, qui lui déclara avec une faconde d'arracheur de dents :

— Ça marche, mon vieux, ça marche d'une façon mirobolante ! Le métier, par lui-même, n'est pas désagréable. Tous les gens avec qui je suis en rapports sont de bons vivants, qui ont toujours le mot pour rire. C'est l'influence du vin, à mon avis... Et puis, en affaires, j'ai ma manière à moi. Ainsi, quand un client est trop dur à la détente, je n'hésite pas : en avant les grands boniments !... Je me mets à improviser un laïus à n'en plus finir, une salade russe où je mêle la dernière interpellation à la Chambre, la viticulture chez les Assyriens, le temps qu'il fera la semaine prochaine, la hausse des loyers, la peinture cubiste, la pêche à la ligne, l'art d'éplucher les pommes de terre avec une pince à sucre, la révolution au Mexique, les fêtes de Cluny, n'importe quoi, comme ça me vient à l'esprit, et tout cela farci de considérations économiques, trigonométriques et maboulosophiques, avec citations à l'appui, en latin, en grec, en argot, en esperanto, en auvergnat, en petit nègre. L'essetiel, c'est d'en mettre plein les yeux du client. Vous voyez qu'une bonne culture générale est toujours utile dans la vie. Je projette même d'écrire un traité là-dessus : « Du rôle prépondérant des humanités dans le commerce des liquides falsifiés ».

C'était Caristoche qui parlait ainsi, Alcide Caristoche — vins fins et champagnes — un Caristoche qui se carrait dans un complet veston d'une élégance de photographe pour noces, bien en harmonie avec son nouvel état d'âme. Et, avec sa barbe soigneusement taillée en fer à cheval, ses moustaches lissées, ses cheveux trop peignés, tout luisants de cosmétique, il prenait un air conquérant, bon enfant, mélange de ténor, de Tartarin et de garçon boucher endimanché.

— Je vois, répondit Pierre estomaqué, que vous avez su prendre la vie du bon côté.

— Ça ne serait pas la peine d'avoir tant étudié la philosophie et d'être passé si près de la mort, si je ne prenais pas aujourd'hui la vie à la hussarde !... « Mais je blague, je blague, et je ne vous ai même pas demandé de vos nouvelles.

En quelques mots, Pierre narra son voyage en Angleterre, sa vaine poursuite, son retour à Paris.

— Et maintenant, ajouta-t-il en manière de conclusion et de morale, moi aussi, mon bon Caristoche, je suis devenu philosophe. C'est ce que j'avais de mieux à faire, n'est-ce pas ? J'aurais dû m'en rendre compte il y a longtemps... Mais voilà, je ne suis pas aussi fort que vous dans la science chère à Platon. Vous me donnerez des leçons, voulez-vous ? Car j'espère bien que nous allons continuer à nous voir, et le plus souvent possible.

— Et moi j'y compte absolument. Mes affaires me laissent des loisirs. Je suis libre de toutes mes soirées, puisqu'à présent je suis seul.

— Oui, je sais, Zézette me l'a dit. Tout de même, je n'aurais pas cru que vous vous quitteriez. Vous vous entendiez pourtant bien, tous les deux ?

— Oh, pour ça oui ! Et je crois même que, si nous étions restés à Cluny, ça aurait pu durer indéfiniment, notre liaison. Mais à peine revenue à Paris, cette petite a été reprise par la nostalgie de son ancienne existence. Ce fut plus fort qu'elle : il a fallu qu'elle y retourne. C'est sa vie, courir les boîtes de nuit, vadrouiller, s'amuser avec Jean et avec Jacques. D'ailleurs, il était convenu entre nous qu'on se quitterait en copains. Et c'est bien comme ça qu'on devrait toujours faire.

— A condition de supprimer la passion de l'amour.

— La passion ! la passion ! D'abord, est-ce que ça existe réellement dans la vie, la passion ?... Est-ce que vous pourriez seulement me la définir ?

Sans même attendre la réponse de Pierre, il poursuivit :

— La passion, ça se voit dans les mélodrames, dans les mauvais romans, dans les vers des poètes trop jeunes, et aussi dans le ciboulot de quelques pourchasseurs de rêves, coupeurs de cheveux en quatre, marchands de fumée et candidats à Sainte-Anne. Mais dites-moi donc à combien de gens elle a réussi, votre sacrée passion ?... Allez, croyez-moi, si vous voulez être heureux, ne vous embarrassez pas de cette camarade-là. Et si vous tenez absolument à vous passionner pour quelque chose, faites collection de boutons de culotte ou de manches à gigot... Songez-y, se consacrer exclusivement à une femme, c'est se détourner de toutes les autres ! Et il y en a tant d'autres qui valent, pour le moins autant que celle-là, qui peuvent donner le même plaisir ou un plaisir différent, et même supérieur, et qui ne demandent qu'à vous le prouver... En plus de cette variété, qui entretient le goût et qui le cultive, vous avez les émotions de la chasse, de la conquête. Et c'est une des raisons pour lesquelles mon truc de placier en vins est si agréable, si divertissant.

Il s'arrêta net, et, d'un geste vif, se frappa le front :

— Mais à propos de distraction, s'écria-t-il, j'en ai une l'autre jour, et une fameuse ! Et j'allais oublier de vous en parler... Ça vous intéresse pourtant.

— De quoi s'agit-il ?

— Attendez un peu que je me souvienne d'abord quel jour c'était au juste... Au fait, je vais retrouver ça dans mes papiers.

Il feuilleta un petit carnet, parcourant attentivement chaque page, suivant du doigt les lignes où chiffres et notes se mêlaient.

— Voilà ! C'était le 30 septembre. Ce n'est donc pas bien vieux. Ce jour-là, j'avais eu affaire du côté de la gare de Lyon, dans l'après-midi, et prendre un bock dans une brasserie. Soudain, je tressaillis. Je venais d'entendre prononcer votre nom. Je prêtais l'oreille, et, sans faire semblant de rien, je jetai un petit coup d'œil par-ci par-là... Jugez de ma surprise quand je reconnus, à trois tables de moi, devinez un peu qui ?

— Je parie que c'était Fournier.

— Vous l'avez dit.

— Et il ne vous a pas reconnu ?

— Je ne crois même pas qu'il m'ait vu. Il était bien trop absorbé par sa conversation avec une sorte de vieux briscard à grosse moustache et aux yeux terribles, qui tenait de l'épouvantail à moineaux et du capitaine de gendarmerie en retraite.

— Sans doute un de ses agents... Et c'est à mon sujet, demanda Pierre, qu'ils devisaient si gaiement ?

— Comment donc ! Et je vous prie de croire que votre Joachim vous accommodait aux petits oignons. D'après lui, vous êtes : 1° affilié à une bande de communistes; 2° un des auteurs du cambriolage de la bijouterie Valta; 3° l'assassin du dénommé Callot, chimiste à Paris, rue d'Ecosse.

Cette énumération achevée, il regarda Pierre avec un sourire à la fois impertinent et bon enfant, qui appelait furieusement la gifle.

Pierre éclata :

— Alors, vous trouvez ça drôle, vous ?... On vous dirait que j'ai bouffé l'Obélisque et fichu les tours Notre-Dame au Mont-de-Piété de Francfort-sur-le-Mein, ça vous ferait rigoler... Certes, ces histoires-là peuvent paraître comiques à force de cocasserie dans l'invraisemblance, et je ne sais ce qu'il faut admirer davantage, de l'imagination frénétique de ce détective ou de sa facilité à camper dans la réalité toutes les billevesées qu'enfante son cerveau délirant. Mais ce sont les suites qui pourraient être peu amusantes pour moi.

— Les suites ? s'étonna Caristoche. Mais quelles suites voulez-vous que l'on donne à de pareilles fariboles ?

— On ne sait jamais, surtout avec un oiseau comme ce Fournier, quoique, maintenant qu'il est débarrassé de ma femme, je ne vois pas quel intérêt il peut avoir à venir me tarabuster. Pourtant, supposez qu'il réédite ces mêmes propos, ne serait-ce que pour se faire mousser, pour donner une petite idée du génie de ses déductions... Fatalement, il se trouvera des gens assez nigauds pour le croire.

— Le fait est que plus une calomnie es stupide, plus elle trouve d'auditeurs complaisants. D'ailleurs, votre femme elle-même, la première...

— Oh ! de celle-là, rien ne m'étonne ni ne me trouble. Mais il y a les autres, les gens qui m'ont plus ou moins connu, ceux que j'ai obligés, à qui j'ai prêté des louis et qui seraient heureux d'aller répéter, pour se venger d'avoir eu besoin de moi : « Hein ! croyez-vous, Rivois ? A qui se fier, désormais ? » J'ai beau être mort, je ne tiens pas du tout à ce que l'on vienne salir ma mémoire.

— Vous avez des préjugés, mon cher.

— Non, j'ai des scrupules, simplement. Et il n'y aurait qu'une chose à faire pour couper court à tout ça...

Il resta un moment à réfléchir.

— Ma foi, pour ce que je risque à présent, reprit-il en tendant la main à Caristoche. Je vais aller trouver ce Sherlock Holmes.

Joachim Fournier, on le conçoit, était loin de s'attendre à la visite de Pierre Rivois, qu'il croyait toujours en train de parcourir l'Angleterre. Entre l'instant où son domestique lui présenta la carte de Rivois et celui où il donna l'ordre de faire entrer le visiteur, il pensa :

— Cet animal là aurait bien pu attendre que mes dernières recherches à son sujet, aient abouti. J'aurais su alors comment il s'y était pris pour déterminer le chimiste à se suicider, et pourquoi il n'y avait dans la poche de ce dernier, que des papiers à son nom à lui, Pierre Rivois. Ainsi, la tâche énorme que je m'étais imposée, eût été achevée. Et je l'aurais coincé, le Pierre Rivois. Pour prix de mon silence, j'aurais exigé de lui telle somme qu'il m'aurait plu, ou, dédaigneux d'un or vil, j'aurais publié le résultat de mes recherches et livré le coupable à la justice... Et c'eût été la gloire, la gloire indiscutable, éclatante, la renommée universelle, sans parler de tous les profits matériels qui en auraient résulté... Enfin, tout n'est peut-être pas perdu, nous allons bien voir.

Devant Rivois, il s'efforça de prendre son air le plus calme et le plus courtois. Mais cette belle attitude sombra dès que Pierre eut parlé.

— Monsieur Joachim Fournier, je viens me livrer à vous. Arrêtez-moi ou faites moi arrêter. Je suis à votre disposition.

A sa profonde stupeur, Joachim ne ressentait qu'une pauvre petite joie mesquine.

— Mais, monsieur, commença-t-il, je ne sais vraiment...

— C'est bon! C'est bon! interrompit Pierre que l'impatience gagnait, ce n'est pas le moment de chercher des phrases. Je sais quelles accusations vous faites peser sur moi. Si je suis un bandit, livrez-moi à la justice... Mais, auparavant, je vous serais fort obligé de bien vouloir me faire connaître sur quoi vous basez vos accusations.

Le détective se sentait mal à l'aise. Une émotion où se glissait une terreur étrange, le paralysait. Il n'aurait pu, en dépit de tous les efforts qu'il faisait pour se ressaisir, que bégayer, que balbutier. Tout à coup, cette conviction s'implanta en lui, sous le regard sarcastique de Pierre : « Cet homme possède un pouvoir magnétique effrayant. Il s'en est servi pour pousser Callot au suicide. Maintenant, c'est moi, je le sens, c'est moi qui vais en être la victime. Il me tient. Il me guette. Il veut se venger. »

Cependant, Pierre poursuivait avec la même ironie :

— Faut-il que j'entreprenne de vous démontrer dans quelle erreur vous êtes tombé?

— Je vous écoute, monsieur, réussit à articuler Joachim.

— Sincèrement, dit Rivois, je ne comprends pas comment vous avez pu faire, à mon sujet, une erreur d'un comique si magistral. Un enfant de dix ans aurait mieux vu clair. Revenons aux faits... Un homme se tue en se précipitant de la Tour Eiffel, providence des suicidés de la T.S.F. On l'identifie : c'est Pierre Rivois. Naturellement, ce suicide fait quelques bruits dans les journaux... Je n'étais pas tout à fait inconnu à Paris. J'apprenais donc ma propre mort... Qu'auriez-vous fait à ma place? Deux alternatives s'offraient : ou bien protester, réclamer, démontrer que je vivais toujours. C'était retomber sous le joug dont j'avais voulu m'affranchir, perdre la liberté à laquelle j'avais sacrifié ma situation mondaine, cette liberté que je devais encore défendre sans cesse contre vos entreprises. Sans compter que je me couvrais de ridicule et que je donnais ax revuistes une superbe occasion de faire de l'esprit à mes dépens... Ou bien de ne rien dire, laisser enterrer sous mon nom la dépouille d'un inconnu. Je n'ai pas hésité. Le hasard me permettait d'échapper à jamais à tous les devoirs conjugaux et familiaux qui apportaient dans mon existence de si douloureuses entraves. J'étais libre, j'étais heureux.

Il s'arrêta. Une petite émotion à ce rappel des beaux jours enfuis, l'étreignait. Ne voulant pas s'y abandonner, il continua :

— Que l'on me blâme ou que l'on m'approuve pour le parti que j'adoptai en cette circonstance, c'est le cadet de mes soucis. D'ailleurs, juridiquement, je ne vois pas ce que ma conduite pouvait avoir de répréhensible, et s'il fallait chercher un coupable et une victime, ne serai-je pas en droit de me déclarer lésé? Suffit-il donc que l'on trouve sur un suicidé des papiers à mon nom pour qu'on me déclaré mort, sans autres informations? N'est-ce pas aller bien vite et bien imprudemment? N'y avait-il pas la moindre possibilité de contrôler l'identité de ce suicidé?... La preuve que si, c'est que vous n'avez pas voulu vous fier au seul témoignage des papiers trouvés dans sa poche et que vous êtes arrivé à la conviction que le suicidé de la Tour Eiffel était un mystificateur... Ainsi, je pourrais maintenant incriminer la police officielle de négligence et de légèreté.

Fournier ne savait que répondre. Une seule idée le dominait : la ruine irrémédiable de tous les espoirs de gloire et de fortune dont il s'était bercé.

— Pour conclure, termina Rivois, je ne vous demande qu'une chose, et je vous la demande à vous tout particulièrement : je suis mort, n'est-ce pas, mort et enterré, légalement, officiellement mort! Eh bien! sachez-le, je tiens à rester mort... qu'on me laisse désormais la paix qui est due aux morts et je serai content.

Ahuri, vaincu, Joachim Fournier ne protestait plus.

## IX

### OU LA PROMENADE DES CHAMPS-ÉLYSÉES JUSTIFIE PLEINEMENT SON NOM

ALLONS bon! grommela rageusement Pierre Rivois, encore un!... Mais qu'est-ce qu'ils ont donc aujourd'hui? C'est à croire, vraiment, qu'ils se donnent le mot!

Pour la neuvième fois, en effet, depuis une heure à peine qu'il se trouvait dehors, Pierre Rivois devait se découvrir au passage d'un enterrement. Et le petit brouillard, très parisien, qu'il faisait ce matin de novembre, justifiait assez les appréhensions de notre héros. Par prudence, pour activer sa circulation sanguine, il pressa le pas.

Pareil au sage de l'antiquité, qui se bardait d'airain pour affronter le choc de la vie, Pierre Rivois déambulait à présent parmi les êtres et les choses sans crainte que jamais aucun spectacle suscitât en lui la moindre émotion.

Qu'était devenu le bel enthousiasme, cette joie ardente d'être libre, de vivre en dehors de toute règle et de toute crainte, aussi indépendant que s'il promenait parmi les hommes un corps rendu invisible par quelque artifice de magie?

Pierre Rivois possédait les deux plus importants éléments du bonheur : l'argent et la liberté, et c'est pourquoi il trouvait la vie écœurante. Car le bonheur, en amour comme ailleurs, ne réside que dans le désir.

Ah! c'est que l'ennui le dominait tellement qu'il en devenait stupide. Depuis combien de temps subissait-il cet état? Il n'en savait rien au juste. Un jour, en se réveillant, il avait bâillé plus fort que de coutume, avec plus de conviction si l'on peut dire. Ensuite, il avait tourné dans sa chambre d'hôtel comme une bête en cage. Il avait bien tenté de réagir, croyant à une crise de neurasthénie passagère. Ce fut en vain : il déjeuna sans appétit, et se reprit à bâiller de plus belle devant toutes ces heures vides qui le séparaient encore du soir.

— Il n'y a pas à dire, avait-il constaté : je m'embête comme un rat mort. Au fond, je ne suis peut-être pas taillé pour vivre seul, je n'ai rien de l'anachorète.

Croyant avoir découvert le secret de sa mélancolie, il s'en fut trouver Caristoche pour lui demander conseil. Mais celui-ci, d'un air de commisération, l'arrêta aux premiers mots.

— Quoi? reprit vivement Caristoche, parce que vous n'avez plus une femme à votre côté, vous vous lamentez, vous vous supposez perdu?... Mais c'est précisément dans le célibat qu'un homme digne de ce nom doit rechercher le vrai bonheur. Or, rappelez-vous ce que je vais vous dire : avec la meilleure des femmes, on n'est jamais à l'abri des bourrasques. Le ciel est pur, la rivière est large, l'oiseau chante et l'amour rit. C'est la félicité, c'est l'idéal, la main dans la main, les yeux dans les yeux... Tout à coup, vlan! sans qu'on sache pourquoi, le vent s'élève, la brise siffle, le cyclone roule, les noms d'oiseaux pleuvent dru comme grêle, l'attaque de nerfs suit, et c'est la démence dans la catastrophe!

Pierre subissait cette faconde comme on reçoit la pluie au milieu de la plaine, avec une colère impuissante. Enfin, comme l'autre s'arrêtait pour reprendre haleine, il lui serra la main et se sauva sans en demander davantage.

Dès ce jour, Pierre avait à peu près cessé de voir l'ex-bohème.

Un matin, il crut avoir fait une découverte.

— Je m'ennuie, songea-t-il, parce que je ne travaille plus. Si je me remettais à peindre!... Le travail, voilà le grand consolateur, le grand sauveur, le grand rédempteur. Aucun ennui ne résiste à cet admirable dérivatif. Tout être qui ne travaille pas est anormal. Reprenons nos pinceaux et notre palette, barbouillons notre spleen de vert véronèse et d'indigo, écrasons des tubes de carmin sur les grisailles de notre mélancolie! A nous, l'arc-en-ciel et les débauches de lumière!

Et Pierre avait essayé de peindre. Comme il n'avait pas d'atelier, il se mit à faire de la peinture en amateur, à la manière des notaires retirés et des jeunes filles qui pratiquent ces arts qu'un humoriste a nommés de désagrément. Il peignait à l'aquarelle, tout en prenant son café, les fruits du dessert. C'étaient des modèles bénévoles, qui présentaient un double avantage : ils ne faisaient pas payer la pose et ils nourrissaient leur homme.

— C'est curieux, observa-t-il ensuite, je n'éprouve plus aucun plaisir à peindre et à dessiner. Peut-être [illegible], ça m'assomme. Et puis, pourquoi peindre? Je ne peux plus exposer au Salon. On se dirait : « D'où vient-il celui-là? » Et quelque ancien ami perspicace serait capable de me reconnaître. Sans compter que je pourrais très bien être refusé, comme d'ailleurs la plupart des hors concours, s'ils exposaient sous un pseudonyme.

Il renonça à la peinture, pour songer à se créer une autre occupation. Il acheta une clarinette et se mit en tête d'apprendre à jouer de cet instrument. Au bout de deux jours, il abandonna un si harmonieux projet et envoya sa clarinette à l'Institut des Aveugles.

Alors, pour tuer le temps, il prit l'habitude, faute de plaisirs plus palpitants, de s'en aller sans but par les rues, du matin au soir. Et un beau jour, il en arriva à se dire :

— Je vois ce qui me manque : une femme. Mais une femme à moi, ou plutôt à qui je serais. Je ne suis pas capable de vivre seul avec moi-même. Il me faut un témoin, il me faut un tuteur, un confident, quitte à ce qu'il se transforme en tyran. Je suis devenu un être privé à la fois de direction et de volonté. Toutes mes forces se dispersent, et je m'embourbe dans une veulerie lâche et hostile.

Tout en marchant, Pierre Rivois ressassait ses souvenirs, évoquait ses amours, et surtout sa passion pour Lucienne, qu'il avait tant aimée, maladroitement peut-être, dans ses éternelles inquiétudes et ses fuites éperdues, si maladroitement qu'elle avait fini par souhaiter, en son cœur bourgeois, avide d'ordre et de tendresse pacifique, une affection moins instable et moins cahotée.

Soudain, il étouffa un cri. Cette femme, là, à deux pas de lui, c'était elle, c'était Lucienne. Et ce monsieur qui l'accompagnait, c'était son... c'était Maurice d'Eulmont! Elle appuyait sur le bras de son amant une petite main gantée de blanc. Elle était fraîche, souple, jeune, heureuse. Ils se naient. Ils passèrent à un mètre de lui sans le voir. Il saisit quelques mots de leur conversation.

— Pour l'antichambre, disait Lucienne, je préfère un papier uni.

Pierre songea :

— Ils préparent leur installation. Ils vont se marier, sans doute... Dire qu'ils ne m'ont pas vu !...

Un hiver passa, lourd monotone, avec ses nuits de cauchemars, ses ciels de plomb, qui pèsent comme une chape. Pierre s'enfonçait chaque jour davantage dans une neurasthénie débilitante. Il se traînait dans les rues comme un corps sans âme, ou plutôt, puisqu'il était mort à la société et qu'il goûtait, avec une sorte de joie macabre, l'impression d'être devenu un fantôme, comme une âme sans corps.

Or, dans cette même avenue des Champs-Elysées, où il avait rencontré Lucienne, il errait un matin de printemps. Il croisa des peintres, jadis ses amis, qui sortaient du jury d'un des Salons. Ils ne le reconnurent pas. Leur groupe se désagrégea, pour contourner l'obstacle qu'il était, puis se reforma aussitôt. Ils discutaient avec animation.

— Ce type-là a tout de même du talent, déclarait l'un.

— Possible, répondait l'autre, mais vraiment avec un pareil mariage ! Un modèle qui a roulé dans tous les ateliers !

— On ne peut pas lui donner la médaille d'honneur, ce serait une honte. Un modèle !

— Ah ! ça ! cria l'un d'eux, est-ce la femme ou l'artiste que vous médaillez ? Et puis, qu'est-ce qu'elle vous a fait, cette femme-là ?

— Qu'est-ce qu'elle nous a fait? Mais, moi qui vous parle, je l'ai eue quand elle était dans la purée noire. Elle venait à mon atelier. Vous connaissez mes principes. Moi, je m'offre mes modèles. Ça me fait faire des économies... Alors, vous voudriez qu'on !... la médaille d'honneur à un type dont la femme ?... Non, mais... Tenez, vous n'avez pas de sens moral !

Pierre, qui avait suivi machinalement le groupe, s'éloigna, écœuré. Décidément, il ne perdait rien à ne pas revoir ses anciens amis.

Tout à coup, il demeura cloué sur place. Au milieu d'une allée, Blanche s'avançait.

Elle portait un tailleur sévère mais élégant. Un paradis fastueux s'érigeait sur son petit chapeau bien moderne, hétérogène produit de la galette et de la lanterne vénitienne.

— Elle avait tout de même du chic, estima Pierre. Et un joli pied, cambré et vif... Charmants, ces petits souliers découverts avec ces bas de soie gris foncé. C'est curieux, elle a la taille plus souple que Lucienne.

Un inconnu emboîta le pas à Mme Rivois.

— Le voyou ! marmonna Pierre, mordu d'une jalousie que nous n'hésiterons pas à qualifier de rétrospective.

En une minute, l'inconnu — un Antinoüs de cinquante ou soixante ans, avec une moustache de palikare et de gros sourcils pareils à des coquilles de noix — dépassa Blanche, et, dans une demi-pirouette, lui décocha le sourire de son râtelier.

— Je ne peux tout de même pas intervenir ! pensa Pierre, qui retrouvait quelque intérêt à vivre. Je ne peux pas prier cet imbécile de flanquer la paix à ma femme, ni lui annoncer que moi, le mari, je vais supprimer la distance qui sépare mes semelles des basques de sa jaquette. Je ne peux pas lui dire ça, puisque Blanche est veuve, puisque je suis mort, tout en étant quand même le mari de la veuve!

Une joie gamine dilatait la poitrine de Rivois. Sa neurasthénie volatilisée, il retrouvait sa belle humeur d'antan. Une force le jetait dans le sillage de Blanche. L'incident provoqué par le Lovelace moustachu donnait à l'aventure un air de galéjade qui réveillait en lui tous ses instincts de rapin farceur. Il s'esclaffait par avance. Ah ! ils allaient en faire une tête, tous les deux ! Il s'avança derrière eux à pas de loup, prudent comme l'Indien Comanche dans le sentier de la guerre. Il surprit quelques mots ronronnés par une voix de rogomme qui s'entraînait à des effets mielleux.

— Madame, déclarait le Palikare, le printemps règne sur la terre comme vous sur les cœurs. Et le mien, près de vous, frissonne d'une allégresse profonde... Je ne suis plus jeune, mes cheveux sont blancs, mais, sous la neige qui couronne les volcans, une lave ardente gronde et bouillonne.

— Pardon, monsieur, intervint Rivois, avec calme, ma femme n'aime pas les tremblements de terre... Je regrette beaucoup...

A cette voix, Blanche exécuta un saut de cabri.

— Qui êtes-vous ? s'écria-t-elle, interloquée devant Pierre.

— Cette plaisanterie, monsieur, dépasse les bornes, bégaya le Palikare.

— Borne, vous-même ! fit Rivois, imperturbable. Quand je vous expliquerais que madame est veuve, que je suis mort, mais que me voici tout de même, parce que les morts ont l'habitude, comme le savent tous les morveux de la primaire, de se balader dans les Champs-Elysées, vous n'y comprendriez rien, n'est-ce pas?

Le monsieur ouvrit des yeux effarés et une bouche en chemin d'œuf, et, avisant un taxi vide, l'appela à grands cris qui ressemblaient à des barrissements, et disparut, sans nul doute, persuadé qu'il venait d'échapper à un fou de l'espèce la plus dangereuse.

Blanche, non plus, n'en revenait pas. Pierre n'avait jamais manifesté, devant elle, une telle énergie. Elle balbutia :

— Mais... mais... tu n'es donc pas mort ? C'était donc vrai ?

— C'était vrai.

— Je ne t'aurais jamais reconnu, fit-elle très doucement.

— Je n'ai plus l'air d'un artiste !... Il est vrai que je ne le suis plus.

— Et puis, reprit Blanche après un silence, cette façon dont tu as envoyé promener ce pauvre homme... Tu n'étais pas si susceptible autrefois.

— La sensibilité vient avec l'âge.

— Tu crois ?

— J'en suis sûr... J'ai beaucoup réfléchi, et j'ai acquis, sur la vie, des opinions tout à fait neuves... A propos, ajouta-t-il d'un ton autoritaire, tu vas déjeuner avec moi.

— Moi ? Mais tu n'y penses pas !... Je ne peux pas, fit-elle sans trop de conviction.

Pierre parut ne rien entendre.

Il attrapa le bras de Blanche et l'entraîna, docile.

Un voile venait de se déchirer devant ses yeux. La façon dont Blanche avait accueilli l'éclatante leçon qu'il avait infligé au suiveur lui montrait une femme en admiration devant la violence. Et il se disait : « Si j'avais toujours été comme ça, nous aurions peut-être été très heureux. »

Il mena Blanche, happée d'un bras conquérant, vers le restaurant. A leur arrivée, les garçons s'empressèrent cuirassés de respect inquisitorial.

— Une table dans le jardin ?

— Non, dit Pierre sèchement, comme il eut commandé « Feu ! », un cabinet particulier.

Il demanda du bourgogne, du champagne, un homard à l'américaine et la poularde demi-deuil, spécialité de la maison.

— Vous apporterez tout ensemble, puis vous vous retirerez!

— D'abord tu pourrais bien me dire ce que tu fais ... Je suis ton mari.

— Et toi ?

— Moi, je vis seul, confiné dans une chasteté monacale.

— Moi, je vis en Seine-et-Marne, près de Coulommiers. J'ai loué une jolie villa en pleine campagne. J'en avais assez de Paris, des drames, des monsonges, des faux amis... On s'acharne à croire à la courtoisie des hommes, tout cela pour tomber de Charybde en Scylla.

— Tu as souffert ? questionna Pierre compatissant.

— Est-ce que je te demande si tu as été plaqué? riposta Blanche. Il y a des choses dont je préfère ne pas me souvenir... Dans ma villa je m'occupe d'élevage. Il y a deux mois, j'ai eu un premier prix au concours agricole pour un lapin russe. J'ai des poules superbes, on vient les voir de dix lieues à la ronde. De temps en temps je fais le voyage de Paris, pour acheter des animaux de race. Aujourd'hui je me suis payé des coqs cochinchinois de toute beauté. Il n'y a rien de tel pour nous consoler des humains que de s'attacher aux bêtes.

— Une idée, ma petite Blanche, proposa Pierre. Télégraphie que l'on me prépare une chambre, et tu m'emmèneras avec les coqs cochinchinois.

A ce moment le sommelier apportait les carafes aux liquides incarnats et rosés.

— Gageons que je le retrouverais au fond des verres, émit Pierre.

L'homme partit, il poursuivit son plan :

— Tu sais, je serais très gentil, très sage.

Digne, Blanche tenta de lui imposer silence.

— C'est impossible, on jaserait dans le pays tout le monde me croit veuve.

— Tu diras que tu t'étais trompée !

— Tu arranges ça toi !

— Ou bien tu diras que tu as pris un amant.

— Oh ! par exemple !

Telle la femme de César, Blanche s'indignait à la seule pensée qu'on pût lui attribuer un patito. Sa mémoire s'était affranchie de tout rappel d'un passé panaché d'aventures. Qu'elle se fût offert un cabotin à la mode et un détective réputé, c'était, dans sa jugeotte, comme si elle en était toujours à tuyauter les volants de sa robe d'innocence.

Mais Rivois, s'étant accroché à une planche de salut, ne semblait pas décidé à recommencer ses plongeons dans la solitude. Il insista :

— Tu ne veux pas que je sois ton amant?... Et pourquoi, ma petite Blanche ?.. Si tu as des raisons majeures à faire valoir, je les entendrai volontiers. Je te prie toutefois d'écouter d'abord les miennes.

— Elles sont mauvaises, décréta Blanche, sans cependant chercher à délivrer ses mains, sur lesquelles, tout en parlant, Pierre déposait de très doux baisers.

— Oh ! comment peux-tu m'accuser déjà d'intentions déplorables ? protesta Rivois. Le ciel m'est témoin que, si le bonheur de mon avenir m'intéresse, le tien me passionne encore plus. Or, tu ne me feras jamais croire que l'étoffe d'une femme seule habille ce corps que j'ai adoré et que j'admire encore... De mon côté, le célibat me va comme un chapeau haut de forme à une punaise. Nous ne pouvons, ni l'un ni l'autre, finir nos jours à la manière des cénobites, des ermites et autres gens anormaux qui se contentent d'une caverne comme hôtel particulier et s'obstinent à trouver aux racines terreuses le goût du gigot bretonne... Nous nous sommes aimés, non seulement pour l'agrément que nous y trouvions sur l'heure, mais pour toutes les promesses dont cette tendresse pavoisait notre avenir... Si des heures méchantes ont sonné, c'était pour rendre plus savoureuses les heures futures. On ne tient vraiment qu'à ce que l'on a pu perdre, et la fortune retrouvée gagne en valeur.

Pour accentuer ces dernières paroles, Rivois jugea habile de les prononcer sur la bouche de Blanche.

— Pierre... Pierre... es-tu sincère au moins ? balbutia péniblement la pseudo-veuve.

Quand le maître d'hôtel apporta le homard à l'américaine, il estima que ses clients eussent pu se priver de ce crustacé réputé pour ses vertus stimulantes.

En regagnant la porte, il murmura *in petto* :

— Encore une femme du monde qui trompe son mari. Mais, qu'est-ce qu'elles ont donc dans le coco, ces mâtines-là, qu'est-ce qu'elles ont donc ?

Un quart d'heure plus tard, ce moraliste préposé au service des petites tables remontait, affolé, au cabinet numéro trois, celui de Pierre et de sa veuve. Un bruit de vaisselle cassée venait d'électriser le personnel.

Il frappa discrètement.

— Qu'est-ce que vous voulez ? fit Pierre en apercevant la figure inquiète de l'indiscret salarié. Inutile de faire des yeux de dorade parce que nous cassons des assiettes. Nous les paierons. Si elles étaient mieux lavées, cette catatrophe ne se serait pas produite. Elles glissaient dans la main... Allons ! Ouste, du balai !

Pierre et Blanche venaient d'avoir leur première scène.

Ils en eurent d'autres, le soir, à Coulommiers, et le lendemain et tous les jours suivants. Mais, maintenant, quand Blanche cassait une assiette, Pierre en cassait deux.

— Tu comprends, expliquait-il à sa veuve devenue sa maîtresse, quand j'étais ton mari, la galanterie me contraignait à te laisser détériorer notre matériel ; aujourd'hui que je suis ton amant mon devoir est de sauvegarder tes intérêts.

Pour éviter le désastre, Blanche s'avoua domptée. Aussi bien avait-elle reconquis celui qui avait été le véritable amour de son cœur de panthère et, malgré ce que les populations pourraient raconter sur l'intrusion d'un compagnon dans son existence, elle ne voulait pas lui fournir de prétexte à une nouvelle équipée.

Quant à Rivois, ravi d'en avoir fini avec ses pérégrinations, il avait retrouvé cette atmosphère de querelle et de tumulte qui lui était devenue nécessaire et dont la nostalgie l'avait torturé.

Il était écrit au livre de leur destin que, quoi qu'ils fissent, leurs deux existences resteraient liées. Et c'eût été du temps perdu que de les plaindre, car, à travers les batailles, les disputes, les réconciliations et les baisers, ils étaient parfaitement heureux.

FIN

**PROCHAIN OUVRAGE A PARAITRE :**

## L'AMOUR MYSTERIEUX

par Georges **SPITZMULLER**

*Réveillée en sursaut, Mme Howard se souleva sur un coude dans son lit. Qu'y avait-il? Le store et les rideaux frissonnaient devant la fenêtre ouverte, mais dans la chambre et dans la maison tout était silencieux. Pourtant, elle avait été surprise dans son sommeil par un bruit soudain, un bruit qui, en dépit du silence, résonnait encore à ses oreilles. Quel pouvait être ce bruit?*

*Elle écouta, essayant de surprendre la respiration de son mari. Ils occupaient des lits jumeaux séparés seulement par une petite table. Elle n'entendit rien...*

*— Patrick! appela-t-elle à voix basse.*

*Pas de réponse... Une peur soudaine l'envahit. A côté pas un mot, pas un mouvement...*

(*A suivre.*)

Paris. — Imp. PAUL DUPONT (Cl.).

www.ingramcontent.com/pod-product-compliance
Ingram Content Group UK Ltd.
Pitfield, Milton Keynes, MK11 3LW, UK
UKHW022140170726
13837UKWH00004B/1684